中公文庫

北のロマン　青い森鉄道線

西村京太郎

中央公論新社

目次

北のロマン　青い森鉄道線

第一章　下北半島・恐山

1

私立探偵の仕事は、最近、人探しが多くなった。正確にいえば、失踪人探しである。

昔は、簡単に行方不明にはなれなかった。家族のきずなが強かったし、旅へ出る手段も限られていたからである。

地方の少年、少女が家出をする時には、ＳＬが引っ張る列車が、殆ど唯一の手段だったし、行先もだいたい東京と決まっていた。

今は、九州から乗り継いで、数時間で東京に着いてしまう新幹線があるし、ハイウエイには、深夜長距離バスも走っている。日本一周する客船もある。

その上、大都市なら、東京と同じ、さまざまな誘惑が待っている。

その日、私立探偵の橋本豊の事務所にやってきた中年の女性の依頼も、人探しだった。

「娘を探して下さい」

と、いうのである。

池戸(いけど)彩乃(あやの)　二十六歳

これが娘の名前と年齢だった。

母親は、十数枚の写真を、テーブルの上に並べた。

かなりの美人である。

四年前、都内の有名私立大学の工学部を卒業したあと、やはり都内のＩＴ企業に就職。そこに二年、勤務したのち、ＮＡＧＡＴＡ研究所という、人工知能ロボットを開発する会社に転職していた。

大学卒業と同時に、世田谷区のマンションで、一人暮らしを始めたという。

父親は、Ｎ銀行麹町支店長を務めており、絵に描いたような、中流家庭である。

「どうして失踪だと、気づかれましたか？」

「研究所の方から、三日間、無断欠勤していると、連絡があったんです」

「それはいつのことですか？」

「昨日、連絡がありました」

「昨日までで、三日間の無断欠勤ということは、お嬢さんがマンションを出られたのは、三月の二十六日ということになりますが」

「すぐに彩乃の同僚の方や、古くからのお友達に問い合わせましたが、どなたも、行き先には心当たりがないとのことでした」

　母親は、当惑しきっていた。

「お嬢さんのマンションには、行かれましたか？」

「はい、昨日のうちに、行ってみました」

「何か、気づかれたことは？　たとえば、部屋が散らかったままだとか、失踪をほのめかすメモが残されていたとか」

「部屋は片づいていましたし、スーツケースが見当たりませんでした」

　突然の、事故や事件に巻きこまれた、というのではないらしい。

「お嬢さんの携帯には、連絡されましたね？」

「スマートフォンにかけてみましたが、電源が切られているようでした」

「お嬢さんは、どのくらいの金額を持っておられたんでしょう？」

「さあ。二十五日がお給料日でしたから」

失踪前日が給料日なら、当面の旅費に、不足はないようである。

「失礼な質問になるかもしれませんが……ご家庭内で、なにかトラブルは？」

「まったくありません。毎週末には、必ず電話をかけてきてくれていました」

「男性の名前が出たことは？」

「それもありません。娘も年頃ですから、こちらから『いい人、いないの？』って聞くくらいでした。娘は笑っていましたが」

ここまでの母親の話からは、失踪する理由が浮かばない。

とりあえず、彩乃のマンションに行ってみることにした。母親が気づかなかったことでも、探偵の目で見れば、新しい発見があるかもしれない。

世田谷区北沢にある、十二階建てのマンションだった。その五階の２Ｋが、池戸彩乃が借りている部屋だ。

流しに汚れた食器類はなく、きれいに片づいていた。

リビングの床は板張りで、仕事机があり、デスクトップ・パソコンが置かれていた。

「もう一度、よくご覧になってください。なにか気づかれたことはありませんか？」

橋本が、母親を促した。

「とくに変わったところは、見当たりませんが」

机の横にあるマガジンラックに、新聞が入っていた。日付を確かめると、三月二十六日付けの朝刊だった。彩乃は、二十六日の朝刊を取り込んだ後、出かけたということだ。

「クローゼットを、確認していただけますか？」

警察の捜索ではない。さすがに若い女性の衣装ケースを開けるのは、はばかられた。

「下着類と、冬のコートがなくなっています」

扉を開閉して、母親が言う。

「冬のコート？　いつごろ着るものですか？」

「防寒のしっかりした、アウトドア用のコートです」

「もうすぐ四月です。この時季に冬のコートを持ち出しておられるということは、どこか寒い地方にでも、行かれたんでしょうか？」

スーツケースもないのだから、そう考えるのが自然だろう。

「大切な書類などを入れておく、引き出しかケースはありますか？」

「これだと思います」

母親が、クローゼットの左隅に収納されていた、小型のキャビネットを指差した。

「これに生命保険の証書や印鑑証明カード、パスポートなどを入れてたようです」

確認すると、パスポートがあった。期限は切れていない。海外に出かけたのではないようだ。

橋本は、母親に断って、コンピュータを開いてみた。

人工知能ロボットを開発する研究所に、勤めているというが、関連するデータはなかった。

ブログには、毎日の出来事や、映画や芝居の感想、飲食店の話題が、並んでいるだけだった。

最後に独立して、二行の数字が打たれていた。

４１１６５８
１４１１２３
「何の番号ですかね？」

橋本が聞いた。

この部屋で見つけた、唯一の、いわくありげな数字だった。

「さあ、なんの数字でしょう？」

「電話番号でもありませんね」

一般の携帯電話は、十一桁だし、固定電話は、局番も入れて、たいてい十桁である。

それでも手がかりになり得る、貴重な数字には違いない。橋本は手帳に転記した。

橋本は、池戸彩乃探しの依頼を、引き受けることにした。

自発的に失踪したと思われるのだから、行き先がわかるような手がかりは、処分したただろう。

しかし橋本には、もとの勤務先や、この五年間の私立探偵稼業で培った、ノウハウがある。海外に渡航したのではないようだから、探せないことはないと思った。

橋本は料金について説明してから、尋ねた。

「お嬢さんの会社の同僚で、親しい方をご存じですか？」

「青田（あおた）まきさんという方が、いらっしゃいます。大学からのお友達です」

「大学のクラスメイトですか？」

「いえ、彩乃の先輩にあたります。大学院に進まれて、長く学内にいらっしゃったので、いろいろと教わったようです」

2

橋本は翌日、NAGATA研究所で、青田まきに会った。

研究所は、飯田橋（いいだばし）の小ぶりなビルの五階のワンフロアにあった。

青田まきを呼び出してもらうと、金属製の扉が内側から開かれて、青田まきが顔を出した。胸に、個人識別のカードをぶら下げている。

用件を告げると、青田まきは、ビルの一階にある喫茶店に誘った。

「無断欠勤ですものね。びっくりしました」

席につくなり、青田まきは切り出した。

「思い当たる理由はありませんか？」

「これといったことは……」

「普段と変わったところは、なかったのですね？　仕事上の悩みなどは？」

「なかったんじゃありませんか。私は気づきませんでした」

「ロボットを開発する会社だと、うかがってますが」

「うちは人型の、人工知能ロボットの開発と販売を手掛けています」

「ロボットの設計に携わっています。詳しいことは申せませんけど、彼女の斬新な発想力は、社内でも高い評価をもらっているんです」

「職場の人間関係で、トラブルはありませんでしたか？」

「彩乃にかぎっては、それはありません。だれとでも、そつなく接していました」

「異性関係は？」

「美人で、頭が切れて、明るい性格ですから、彩乃に好意を持っている男性は、わんさかといますよ。けれど、どの人とも、彩乃は一定の距離を保っていました。冷たいというんじゃなくて、眼中にない、という雰囲気」

「二十六歳なら、一つや二つ、そうしたことがあっても、おかしくないと思いますが」

「彩乃が失恋とかで無断欠勤なんて、考えられません」

青田まきは断言した。

「彩乃さんの趣味は、何ですか？」

橋本は、話題を変えた。

「映画やお芝居はよく観ていました。でも一番は旅行でしょう。大学時代から、一緒によく旅行しました」

「国内ですか？ それとも海外？」

「基本は国内で、一度だけ韓国に行ったことがあります。それが唯一の海外です」

「国内は、どんなところへ？」

「都市の観光地は、好きではなかったと思います。もっと、土の香りのするところ。たとえば、沖縄の離島とか、山岳信仰や土俗信仰の残っている土地です。縄文などの古代遺跡も好きでした。彼女が好きな場所を一言で言えば、『端』ですね。文化的にも、地理的にも、『端っこ』です」

橋本は、青田まきの指摘を、面白いと思った。彩乃の失踪先の、ヒントになるかもしれない。

「もし可能なら、彩乃さんのデスクを、拝見したいのですが」

橋本の申し出に、青田まきは、上司と相談すると言って、店の外に出た。

やがて戻ってきた青田まきが、

「上司の許可は取れました。でも条件があります。私と上司が立ち会い、お見せできるものだけを選ばせていただきます」

彩乃の職分には、機密事項が多いのだろうか。

「私は、産業スパイができるほどの、能力はありませんから、ご安心ください」

橋本は苦笑しながら、答えた。

「申し訳ありません。ロボットの開発って、それだけ熾烈な競争をしているってことを、ご理解ください」

ふたたび、研究所に戻り、彩乃のデスクを調べた。

青田まきの上司は、菊池といった。縁なしの眼鏡をかけた、長身の男性だった。四十前くらいだろうか。

「デスクの引き出しには、彼女の行き先がわかるようなものは、見当たりません」

そう言って、中を見せてくれた。

きれいに整頓されていた。彩乃が几帳面な性格だったのか、それとも、すでに菊池がチェックしたのか。たぶん後者だろうと、橋本は思った。

菊池は、彩乃がライバル企業に引き抜かれたのではないかと、疑っているのかもしれない。菊池としては、監督責任がある立場として、疑ってかかるのは当然だろう。

だが橋本は、そうは思わなかった。

細々とした備品類の多くが、引き出しの中に残されていた。秘密裏に、他社に移籍するつもりなら、もっと持ち出していたのではないか。

続いて菊池が、パソコンを開いてくれた。

「職務にかかわる項目は、お見せできません。プライベートな部分だけ、探してみます」

上司という立場から、部下のパソコンを開くパスワードも、知らされているようだ。

「これは彼女の、個人的なスケジュール表と、備忘録みたいなものです。ご覧になりますか？」

そう言って、菊池は、橋本に席を譲ってくれた。

しかし橋本には、書き込まれている内容を、読み取ることはできなかった。

ほとんどすべてが、記号だった。

たとえば「I・S14：30」とあれば、その日の午後二時三十分に、イニシャルがI・Sさんと面談するのだろうと推測はできるが、それ以上のことは、まったくわからない。

橋本は、やれやれと思いながら、三月二十五日の欄に、画面を移した。

スケジュールの最終行に、二列の数字があった。

41165８

１４１１２３

橋本は、上着のポケットから手帳を取り出し、彩乃の部屋の、パソコンに残されていた数字と見比べてみた。

ぴったり合っていた。

自宅と会社の両方のパソコンに、これ見よがしに、残された数字。しかも、会社のは、失踪する前日のスケジュール欄に、自宅のはブログの最後に記されていた。

「この数字ですが、何か、職務に関するものでしょうか？」

菊池と青田まきに聞いた。

二人はパソコンの画面に見入っていたが、やがて二人とも、「知らない」と答えた。

職務に関係ないとすると、彩乃のメッセージと思われた。

橋本は、以前、彩乃が勤めていた、世田谷のＩＴ会社に電話を入れた。かつての上司と同僚が、会ってくれるという。

二年前に辞めた会社に、今回の失踪に直接結びつくような事実が、あるはずもない。参考までに、彩乃という女性の人柄を知るためだった。

会ってくれたのは、今西という課長だった。応接室には、彩乃と同期入社の、崎田千夏という女性社員も同席した。

大学新卒で入社した彩乃は、ＩＴソフトの企画開発室に配属され、将来を嘱望されていたという。

「池戸さんは、新人らしく、素直でまじめ、仕事熱心で、明るい性格の方でした。上司としては、楽な部下でした。いえ、おめでたいお話ということで、ことさらに美辞麗句を並べている、というのではありませんから」

今西の言葉に、お世辞めいたものは感じられなかった。

「うちの会社を去られたのは、とても残念でしたが、新しいお勤め先は、彼女の能力を発揮させるには、たしかによかったと思います」

そばで崎田もうなずいている。

「円満退社、ということですね？」

「もちろんです」

橋本は、崎田に質問した。

「同期入社で、個人的なお付き合いをされたとのことですが、なにか印象に残っていることはありますか？」

「彼女の仕事の能力は、ずば抜けていました。うらやむこともできないくらい」

　そう言って、崎田は笑った。

「でも、けっして出しゃばったり、偉ぶったりすることはなかったですね。どちらかと言うと、控えめでした。池戸さんを悪く言う人なんて、いなかったんじゃないですか」

「お友達は、多かったんですね？」

「だれとでも、気さくに付き合ってましたから。念のために言っておきますが、特定の男性との噂（うわさ）などは、ありませんでしたよ」

「池戸さんの趣味については、どうですか？」

「映画にも行ってたし、美術館にも、よく行ってました。普通の若い女性がやることは、彼女もやってました。旅にもよく出かけてました。まとまった休暇が取れれば、たいていは遠くまで出かけてました」

「遠くというと、どういった地方に？」

「八丈島とか、台湾にいちばん近い沖縄の島なんか。北だと、根室半島とか」

「いわゆる、僻地が多いですね」

「ですから、お土産なんて、あまりもらった記憶がないですね。『なーんにも、なかったよ』と言うのが、彼女の口癖になってました」

にこやかに話す崎田を見ていると、彩乃の人柄がしのばれた。

その夜、橋本は、四谷三丁目の住居兼探偵事務所のマンションに帰ると、手帳を取り出して、例の数字を眺めてみた。

二列の数字が、彩乃の失踪と関係しているのは、間違いない。

数字化した暗号なのか、それとも数字自体が、何かを特定しているのか。

さらにはこの数字が、失踪の原因になったのか、あるいは、失踪ののちに、何かを為そうとした、目標を意味するのか。

（五里霧中とはこのことか）

橋本は頭を抱えてしまった。

彩乃が寒冷の地に旅立ったことまでは、推測できた。青田まきが言った「端っこ」の寒冷地が、彩乃の行き先なのだろうか？

迷宮に入り込んだ気分だった。

青田まきから、スマートフォンに電話があったのは、午後九時を過ぎていた。

「夜分にすみません。気づいたことがあって、お電話させていただきました」

「なんでしょう？」

「彩乃のパソコンに残されていた、数字についてです」

「えっ、数字について、心当たりがあると？」

橋本は一瞬、息を呑んでしまった。

「彩乃は昔から、旅行する前に、その土地土地の緯度や経度を、こまめにメモする癖があったんです」

「緯度と経度ですか？」

「それを一覧にして、旅先を決めていたこともありました」

「どういうことですか？」

「たとえば、行きたい場所がいくつかあったとします。そんなとき彩乃は、それぞれの場所の緯度と経度を並べて、気に入った数字の組み合わせの場所に、出かけて行ったんです」

「具体的には、どのような所へ？」

「北海道の知床半島とか、沖縄のどこかの島は、緯度も経度も、数字がすっきりしているので、行ってくるとか。ですから、あの数字は、緯度と経度を表しているのかもしれません」

思いもよらない話だった。
橋本は礼を言って通話を終えると、分厚い「日本分県地図」を取り出した。青田まきの言った、「数字のすっきりしている」地点を探してみた。
北海道の知床半島の付け根に、東経一四四度、北緯四四度の線が交わっていた。沖縄の離島の伊平屋島では、東経一二八度、北緯二七度の線が交わっていた。どちらも「度」以下の数字がなく、「すっきり」していた。それに、どちらも「端っこ」である。
手帳に控えた数字を並べてみた。桁の少ないほうを緯度とすると、
北緯四一度一六分五八秒
東経一四一度一一分二三秒
となる。
ふたたび分県地図で確認すると、青森県の下北半島辺りとわかった。大湊湾のいちばん奥まったところである。
今度は、JR時刻表の地図ページを開いた。先ほどの地点の近くを、JR大湊線が

走っていた。

大湊線の各駅を、グーグルで検索していった。それぞれの駅の、緯度と経度も明記してある。

下北駅まで来たときだった。

彩乃が残した数字が、下北駅の緯度・経度に、正確に一致した。

下北駅　北緯四一度一六分五八・八八秒
　　　　東経一四一度一一分二三・一〇秒

本州最北端の駅だという。

ここまでの数字の一致は、偶然ではない。

二列の数字は、彩乃からのメッセージだった。

彩乃は、下北駅に降り立ったのだろうか？

3

翌日、池戸の母親が払ってくれた第一回の調査費用五十万円を持ち、着替えの入ったリュックを背負って、マンションを出た。

電車で、東京駅に出ると、午前七時三六分東京発の東北新幹線に乗った。

はやぶさ三号で、目的地の八戸(はちのへ)には、午前一〇時三一分に着く。

車内販売で、駅弁と、お茶を買う。

駅弁を食べ終わってから、池戸家に電話を入れた。

「今日からしばらく、東京を離れます」

「行き先について、何かわかったのでしょうか?」

母親の声が、甲高くなった。

「そこまでの確証はありません。率直に言って、五分五分です。いや、六分か七分は当たっているのではと、思っています」

「手がかりが見つかった、ということですね?」

橋本は、二つの数列と、緯度・経度の関係について、説明した。

「お嬢さんは自宅と研究所の両方に、この数字を残されています。それも、わざわざ、ブログやスケジュール欄の最後の、目につくところにです。現地に行ってみる価値はあると判断しました」

「わかりました。お任せします。何かわかりましたら、お知らせください。よろしくお願いします」

そう言って、母親は電話を切った。

高い日当と経費がかかっているのだ。こまめに報告するのは、私立探偵の義務だった。

午前一〇時三一分ジャストに、八戸に着いた。

列車からホームに降りると、空気が冷たい。

この八戸からは、久慈(くじ)行きのJR「八戸線」と大湊行きの「青い森鉄道」が出ている。

橋本は、仕事で青森にも、八戸にも来たことがあったが、「青い森鉄道」の名前を見るのは、今日が、初めてだった。

ホームには、土地の言葉で、

〈よぐ八戸さ　おんであんした〉

と書かれた大きな看板があって、その下に「東口　八戸線・青い森鉄道」の案内板があり、「西口　西出口」の案内板があった。

ここでも、案内板には、日本語、英語の他に、中国語、韓国語の記載もある。

橋本は、案内板に従って、青い森鉄道のホームに行き終点の大湊までの切符を買った。

ちょうど快速が出る時間に間にあった。といっても、二両編成のワンマンカーである。

ボックスシートに腰を下ろすと、さまざまな声が聞こえてくる。

訛（なま）りのある言葉も聞こえるが、東京の言葉も耳に入ってくる。

この列車の終点は大湊で、そこから、「大間（おおま）のマグロ」で有名な大間へも、車で行けるから、マグロを食べに来た東京の人もいるのかも知れない。

途中の野辺地（のへじ）で青森行きの線路と分かれて、大湊に向かう。

橋本は、終点の大湊の一つ手前の下北駅で降りた。

かなり立派な駅である。

しかし、橋本は、駅はどうでもよかった。他のものを探して、この下北駅に降りたからである。

駅舎の中を見回した。

（あった！）

目の前に、大きな案内板があった。

下北半島の大きな手書きの地図が描かれ、

〈ようこそ　海と森　旅情あふれる下北半島へ〉

の文字。

そして、橋本の探している文字が並んでいた。

本州最北の駅

下北駅

北緯４１度１６分５８秒

東経１４１度１１分２３秒

橋本は、小さく溜息を吐いた。

自販機で、缶ビールを買い、ひとりで乾杯した。

ここまで、池戸彩乃が来たかどうかはわからない。

しかし、橋本は、来たと断定した。

とにかく、本州の北の果てである。

一息ついてから、駅舎の外に出た。

改めて、外から見ると、真新しい、北の駅らしい造りである。

駅舎の中にあった下北半島のパンフレットを広げて見た。

列車は、大湊までしか行っていないが、まさかりのような下北半島の海岸線を走る道路はある。

名所旧跡と呼べるものは、三つである。

恐山
大間崎
仏ケ浦

この三カ所の中に、池戸彩乃が行った所があるのかどうかもわからないし、この三カ所以外にも、観光客が、行きそうな場所は、ありそうである。

そのうえ、大間崎から、北海道に渡るフェリーも出ているのだ。

とにかく、時間をむだにはできないので、駅前でタクシーを拾い、とりあえず終点の大湊駅に向かった。

十五分で、終点の大湊駅に着く。

妙に平べったい駅舎である。

〈てっぺんの終着駅・大湊駅〉の看板が、入口にかかっていた。

やはり、売りは、本州最後の駅ということなのだろう。

駅前は、がらんとしているのに、ホテルが一軒建っていた。プレハブのようなホテルである。何の飾りもない、白い壁と、グリーンの屋根のホテルだった。

そうした風景をカメラに収めたのは、依頼者への報告書に必要だからである。

「この下北に、警察は、いくつあるんだ？」

と、橋本は、運転手に聞いた。

「二つありますよ。むつ警察署と大間警察署です」

「じゃあ、むつ警察署に、やってくれ」

と、橋本が言うと、

「お客さん、警察の方ですか？」

と、運転手に聞かれて、思わず苦笑した。

4

むつ警察署は、三階建ての小ぢんまりとした造りだった。

下北駅も、大湊駅も、ホテルも、この警察署も、変に真新しく、きれいである。

逆に見れば、歴史がないということである。

橋本は、北海道の知床へ行った時のことを思い出した。妙に新しくて、まるで、西部劇の町みたいだったのだが、この下北の風景も、同じだった。

橋本は、受付で名刺を渡し、生活安全課の警察官に会わせてもらった。

中年の森田（もりた）という巡査長だった。

橋本は、池戸彩乃の写真を、森田に渡して、

「この女性が、今日で、六日間行方がわかりません。下北まで来たことはわかっているのですが、その先、何処（どこ）へ行ったのか、まったくわかりません。この女性を見かけ

たことはありませんか？」

と、聞いた。

「いや、見かけたことはないねえ。こんな若い娘が、なぜ失踪したのかね？」

「それが、わからないのです」

「何か、心に悩みがあっての失踪なら、それで下北に来たのなら、恐山に行ったんじゃないかね？　失恋した女性なんかが、心の平安を求めて、恐山へ行くからね」

と、森田がいった。

森田には池戸彩乃のことで、何かわかったら、電話をくださいと頼んで、警察署を出た。

警察署の反対側には、むつ市役所があった。

何もかも、だだっ広い。閑散とした道路の向こうに、これもだだっ広い広場があり、そこに、どう見てもショッピングセンターとしか見えない建物があって、それが、市役所だった。

「あれは、もとはショッピングモールだったんですよ」

と、タクシーの運転手が教えてくれた。

橋本は、運転手に、待っていてくれといって、市役所に入って行った。

もちろん、中も、市役所というより、ショッピングモールである。

ここでも、橋本は、広報係の職員に、名刺と池戸彩乃の写真を渡して、事情を説明した。

職員にも、失踪した彩乃に悩みがあったのなら、恐山に行ったのではないかと、いわれた。

警察署に続いて、市役所でも、恐山の名が出た。悩みを抱えた若い女性の多くは、恐山に行くというのだ。

だが、橋本には疑問があった。

恐山は古くからの霊場として、知られている。そして霊場とは、亡くなった人の霊を供養する場である。イタコの口寄せも、イタコを媒介にして、亡き人の霊の声を聞く場なのだ。

はたして彩乃は、恐山に足を向けたのか？

橋本は迷ったが、ほかにこれといった目当てもなかった。

彩乃が、この世の悩みを癒したかどうかは別にして、土の香りのする場所が好きだったというのだから、訪れてみようと思った。

タクシーに戻り、恐山に行ってほしいと、運転手に告げた。

恐山は、大湊から、意外に近かった。感じとして、下北半島の北の方、山奥にあるような気がしていたのである。

それでも、恐山の霊場が近くなると、周辺は深い原生林になってきた。

途中でタクシーを降りて、歩くことにした。

道路の脇に、赤い衣を着せられた地蔵がぽつんと立っていた。それが、霊場への道しるべだった。

急に、石を敷きつめた参道に出た。

参道の両側には石が並びその先に巨大な山門が見えた。

(恐山の霊場というが、正確には寺なのだ)

と、橋本は理解した。

「恐山菩提寺(ぼだいじ)」である。

参道の両側には、溝があって、お湯が流れている。

ここは、温泉が出ているのだとわかったが、そう思ったとたんに、強烈な硫黄の匂(にお)いに包まれた。参道には、橋本の他に五、六人の男女がいた。全員が老人だった。

橋本は、テレビで、恐山の映像を見たことがあった。風を受けて、クルクル回る風車の群が印象に残っていた。山門に近づくと、地面に突き刺した風車の群が、眼に飛び込んできた。

一つ一つは、美しいのだが、二十、三十とかたまって回転しているのを見ていると、気持ちが悪くなってきた。

そのせいか、風がやたらに冷たく感じられてきた。

イタコの口寄せは、戦後になって始められたもので、恐山菩提寺とは、無関係だという。しかし橋本は、はるばる恐山まで来たからには、イタコに会ってみたいと思った。

イタコは、東北地方の土俗的な信仰を支える、盲目の巫女(みこ)である。恐山で口寄せも行うし、「おしら様」のお祭りでも、神寄せの経文を唱えて、神懸かり状態で、託宣も行うらしい。

恐山の口寄せも、もともとは、「おしら様」信仰から派生したものではないかと、橋本は考えていた。

「一尺の長さの二本の棒に、それぞれ男、女、家畜などを描いた頭をつける。その上に、オセンダクといわれる布を幾重にも着せ、イタコがこれを手にとって、祭文を読み上げる。これが『オシラサマアソバセ』である」

何かの解説書で、読んだ記憶がある。

「おしら様」とは、一説に、蚕のことだという。それだけ、生活に根付いた信仰なのである。何処に行けば会えるのかと探していると、何回も来ているという老人から、「降霊所」の場所を教えられた。

降霊所兼、休憩所である。

しかし、そこにイタコは、いなかった。

全員が、歳をとってしまい、働けるイタコは、三人になってしまったのだという。

「明日は、三人が、来ると思いますよ」

と、係の人が、教えてくれた。

橋本は、宿坊で一泊することにした。ここで一泊する信者が多いのだろう。真新しく、立派な宿坊である。

宿坊の前には、男女別の風呂場があったが、橋本は、カメラを持って、霊場の中を、歩いてみることにした。

まず、地蔵殿と呼ぶ本殿に行ってみる。

三十三番札所、恐山菩提寺とあり、開山の歴史が、説明されていた。

そうしたものを写真に撮りながら、橋本は一つのことしか考えていなかった。

行方不明の池戸彩乃が、ここに来たかどうかである。

本殿を訪れると、有名な岩場に向かって歩いて行った。

荒涼を絵に描いたような景色である。

卒塔婆（そとば）が、林立し、その先には、石が積まれた広場が広がり、硫黄の煙が立ち昇り、風車がカラカラと音を立てていた。

ところどころに、「無間（むけん）地獄」とか「血の池地獄」と書かれた立札が立っているのだが、こんな注意書も眼に入った。

〈お願い

当山は亜硫酸ガスが噴出しているため線香、ロウソク、タバコの吸い殻等に着火する恐れがあります。このため線香、ロウソクの使用は所定置のみとし、又境内での喫煙を堅くお断り致します。

恐山寺務所〉

岩場を抜けると賽（さい）の河原があり、その先に、極楽浜（ごくらくはま）が広がっている。エメラルドグリーンの美しい湖である。

橋本は、じっとその湖を見つめた。

美しいと感じるより先に、どうしても、池戸彩乃が、ここまで来たかどうかと、考えてしまう。

人間関係や、異性問題で、悩んでいた形跡はない。将来を嘱望される、優秀なロボット研究・開発者で、個人的なコンプレックスを、抱えていたとも思えない。

経済的にも、父親が大手銀行の都心の支店長であり、少しくらい何かがあっても、手立ての講じようは、いくらでもある。

研究所の上司は、極秘情報をたずさえて、競合する会社に移籍したのではないかと疑っているようだが、橋本には、そうは思えなかった。

無断欠勤は、今日で一週間になる。その先には、懲戒解雇が待っているだけである。場合によれば、研究者としての将来は、閉ざされてしまうのだ。その覚悟があっての失踪だろうか？

疑問ばかりが、増えていく。橋本は、警察を辞め、私立探偵の仕事を始めて五年になるが、苦労せずに金を得たことは、一度もなかったのだ。

（さあ、仕事だ）

と、自分にいい聞かせて、橋本は、宿坊に戻ることにした。

5

翌朝、食堂で朝食をとっている時、今日の午後、三人のイタコが、ここに来るという知らせがあった。

橋本は、すぐ、申し込んだ。

時間がくると、申し込んだ者だけが、降霊所に集められた。

イタコと会話をしたい人も、イタコの様子を見たい人も、降霊所に集まってきた。

イタコは、三人だった。

いずれも、七、八十歳の老女である。

一見したところ、何処にでもいる老女に見えるのだが、その表情は、違っていた。

きちんと正座して眼を閉じて、客の話を聞く。

その顔に、迷いというものがなかった。この自信は、いったい、何処からくるのだろうか。

橋本に向かい合わせたイタコは、八十歳ぐらいだろう。

橋本はポケットから、池戸彩乃の顔写真三枚を取り出して、イタコの前に並べた。

「この写真をよく見て下さい。名前は池戸彩乃、二十六歳。東京に住むＯＬです。私が知りたいのは、彼女がここに来たかどうかです。他の二人にも、この写真を見せ、聞いてみて下さい」

橋本の言葉に、イタコは、眼を開けた。が、しわの深いその顔は、戸惑っていた。

「よく見て下さい。この女性が、あなたたちに会いに来たかどうか、それを知りたいんです。家族は警察に捜索願を出しています」

橋本が喋るにつれて、イタコの顔に浮かんだ戸惑いの色が、さらに、深くなっていった。

事務所の人間が、あわてて飛んできた。

「何か問題がありましたか？」

「ご両親から頼まれて、家出人を探しています。若い女性です。下北半島を訪れたようなので、恐山に来た可能性が高いのです」

橋本は、事務所の職員にも、彩乃の写真を見せた。

職員は写真に見向きもせずに、

「イタコは、眼が見えないんです。写真を出されても、どうしようもありません」

橋本は、あっと思った。迂闊だった。気が急くばかりに、イタコが盲目の巫女であることを、すっかり失念していた。

気を取り直して、聞いてみた。

「三人のイタコの方が、いらっしゃると聞きました。三人とも、まったく眼が見えないんでしょうか？」

「一人は、うっすらとは見えるようですが……」

「じゃあ、その方に、この写真を見てもらえないでしょうか？　この女性が、ここに来たかどうか、それだけがわかればいいんです」

橋本は職員の手に、数枚の写真を押しつけた。

「失礼に当たるかもしれませんが、ここにいくらかの謝礼も用意しています。なんとかお願いします」

謝礼を入れた封筒も、職員に押しつけた。

「こんなことをされては、困ります」

「とにかく、眼の見えるイタコさんに、写真を見てもらってください。明日あらためて、こちらに伺いますので、よろしくお願いします」

謝礼の封筒も押しつけたまま、橋本は降霊所を飛び出した。

翌日、朝食のあと、ふたたび恐山を目指した。

橋本は降霊所へ行って、

「昨日、イタコさんに、無理なお願いをしたんですが、イタコさんの返事はどうでしたか？」

と、聞いた。

そこにいた人間が、知らせたとみえて、昨日、橋本の対応をした事務所の人間が飛んできた。

「写真を見せてくれましたか？」

と、改めて、橋本が聞くと、

「もちろん、見せましたよ」

「そのイタコさんは、眼が見えるんですね？」

「三人の中の一人は、うっすらと眼が見えます。そのイタコに、あなたが出した写真を見せましたが、見たことがないと、いっています。三人の中では、一番若く、記憶力もありますから、間違いないと思います」

「そのイタコさんは、何という名前ですか？」

「イタコは、亡くなった方の霊と、この世の方をつなぐ役割を果たすための、媒介にすぎません。日常の生活では名前や住所、性別、年齢などがあっても、降霊所でのイタコは、現実の生活をすべて剝ぎ取った存在です。ですから、イタコであるかぎり、降霊所でどんな出来事があろうと、降霊所を離れたとたん、すべてが無かったことになります」

そう言って、職員は、預けてあった写真を、返してきた。謝礼の封筒も添えている。

橋本は、受け取らなかった。

「お世話をおかけしました。写真は、後日、この女性がここを訪れるかもしれませんので、お預けしておきます。この女性を見かけられましたら、ぜひ、お知らせくださいい。職員の方なら、イタコさんじゃありませんから、知らせていただいても、よろしいでしょう？」

橋本はそう念押しした。

「謝礼のほうは、お寺へのお布施のようなものだと思ってください。降霊所にお納めします」

橋本は、頭を下げて、降霊所をあとにした。

恐山菩提寺の境内を、ゆっくり歩いた。

見込み違いだったのだろうか？

降霊所の職員は、「イタコは見たことがないと言っている」と明言した。

しかし、彩乃は、どこかに足跡を残しているはずである。どういう意図からかは知れないが、わざわざパソコンに、行き先を示唆する数字を残したのだ。とするなら、次の場所を示唆する痕跡も、残しているはずである。でないと、一貫性を欠いてしまう。

下北駅に降り立ったなら、次の行き先として、恐山を連想するのは、たやすい。では、彩乃が恐山に来たと、仮定してみよう。単なる、行きずりの観光客では、だれの記憶にもとまらない。そこで、イタコに口寄せを頼む。これなら、何人かの記憶には残るだろう。少なくとも、イタコは憶えているだろう。

それが彩乃の誤算だったのかも知れない。

イタコが彩乃のことを、「見たことがない」と言うはずはないと、思いこんでいたのではないだろうか？

いや、そもそも、あの職員は、イタコに写真を見せただろうか？　イタコに、口寄せの依頼者について、尋ねること自体が、降霊所のルールを破る行為だったのではないか？

橋本が、考えに耽(ふけ)っているとき、スマホが鳴った。

男の声で、

「橋本さんですね？」

と、小声で言う。

「私の名前は、勘弁してください」

それで、降霊所の事務所の人間だとわかった。

「写真の女性は、恐山に来たんですね？」

「三月二十七日でした。どうしても、イタコの口寄せを頼みたいとおっしゃるので、特別に、とめというイタコを呼びました。どんな口寄せをやったのかは、わかりません。これは、公にすることは、禁じられていますから」

やはり、降霊所には、依頼者についての口外を、禁じる規則があったのである。

規則を破ってまで、教えてくれたのは、失踪という事態を、気にかけてくれたからだろうか。

「ここに来られた日は、宿坊に泊まられ、翌朝、タクシーを呼ばれて、大湊駅へ向かったと、聞いています」

橋本が礼を言う間もなく、相手は電話を切ってしまった。

彩乃が、どのような口寄せを頼んだのかは、問題ではなかった。ともかく、恐山を訪れ、大湊駅に向かったことは、わかった。

ただ、彩乃が大湊駅に向かったのは、五日も前のことである。このへだたりを埋めるには、もう少し時間が必要だと思った。

橋本はいったん、宿坊に向かった。彩乃が宿泊したことを、確認しておきたかった。

宿坊は、抹香くささとは無縁の、ちょっと洒落た旅館といった趣きだった。ロビーも広く、明るい。

受付で事情を話し、宿泊者名簿を見せてほしいと頼んだ。

係員の応対は、丁寧だったが、断られた。

今は、ストーカー事件も続発している。私立探偵などという、怪しい名刺では、通用しないのである。諦めるしかなかった。

バス・タクシー乗り場で、橋本はタクシーに乗り込んだ。

運転手は、中年の女性だった。

発車する前に、彩乃の写真を見せて、大湊駅まで乗せなかったかと、聞いてみた。

女性運転手は、タクシーを発車させながら、

「知り合いの運転手が、朝早く、宿坊から大湊駅まで、若い女性を乗せたと、言って

いましたよ。たしか、三月の二十八日です」

「ほう。かなり前なのに、日にちまで憶えてるんですか？」

「お客さんは、どちらからいらしたんですか？」

　運転手は、バックミラーの橋本に向かって、聞いてきた。

「東京だけど」

「それじゃあ、ご存じないですね。その日、大湊駅の構内で、人身事故があったんです。若い女性がホームから落ちて、列車に撥ねられました。二十八日の夕方です」

　橋本は、不吉な予感に襲われた。

「で、その女性は？」

「亡くなったそうです」

「女性の名前は？」

「ニュースが流れたときは、身元不明で、その後、どうなったのかは、知りません」

　橋本は、大湊駅でタクシーを降りると、まっすぐ駅舎に入り、駅員室を訪ねた。

第二章　更に北へ

1

　橋本は、失踪した池戸彩乃の足取りを追って、大湊駅までやって来たが、若い女性の人身事故と聞いて、駅員室を訪ねた。

　幸いなことに、駅長が居合わせた。

「先日の人身事故について、私が探している女性ではないかと思い、おうかがいしたのですが」

　駅長は、えっ？　という顔をした。

「この写真の女性でしょうか？」

　橋本は、彩乃の写真を二、三枚、駅長の前に並べた。

　駅長は、しばらく写真に見入っていたが、

「いえ、違う方です。写真の女性ではありません」

橋本は、ひとまず、ほっとした。

「女性の身元は、わかったのでしょうか？」

「名前は石渡和江さんといって、二十五歳の東京の人です。なんでも下北半島の観光に、一人で来ていたそうです」

駅長が、声を落とす。

「石渡さんは、列車の進行方向の、いちばん前のほうに、立っていました。大湊駅は終点でもあり、列車のスピードは、せいぜい時速十キロくらいでしたでしょうか。しかし時速十キロとはいっても、列車は何十トンもある鉄の塊です。正面衝突すれば、人間の身体なんて、もろいものです」

「じゃあ、まったくの事故だったんですね？」

「石渡さんの近くには、誰も居ませんでした。なんとなくフラフラと、ホームの端に寄って行き、線路に落ちたんです」

「ご家族は？」

「昨日、ご両親と連絡がとれて、今日、お母さんが、こちらに来られるそうです」

「事故が三月二十八日ですから、四日もかかったのですか？」

「石渡さんの持ち物には、身元を示すものが、なかったんですよ。今どき珍しく、携帯電話も持ってなかった。それに、一人旅なんだから、普通は、健康保険証くらいは、持って行くもんでしょう？」

駅長は、首を傾げた。

「立ち入ったことをお聞きしますが、ご家族には、どのように説明されるのですか？」

「ビデオをお見せするのは、さすがに躊躇われますが、そのときの状況は、お伝えしようと思っています。突然のことで、駅員も、手の施しようがありませんでした」

2

東京調布市付近の甲州街道で、道路を横断しようとしていた若い女性が、新宿方向から疾走してきた車にはねられて死亡した。

司法解剖が行われたが、不思議なことに、被害者の女性の体内から、睡眠薬の成分が検出された。

このことから、単なる轢き逃げ事件ではないのではないかという疑惑が浮かび、警視庁捜査一課が捜査を始めることになった。

調布警察署に捜査本部が置かれ、十津川班が、この事件を捜査することになった。

死亡した女性は、持っていた運転免許証から、東京四谷のマンションに住む、青田まき、二十八歳とわかった。

十津川は、朝になるのを待って、若い刑事二人を呼び、被害者の、四谷のマンションに行ってくるようにと命じた。津村刑事と日下刑事の二人である。

青田まきのマンションは、地下鉄四谷三丁目駅から、徒歩四分ほどの裏通りにあった。

十階建てのマンションの八階に、青田まきの２ＤＫの部屋がある。管理人は常駐していない。賃貸マンションだった。

日下と津村は、あらかじめ連絡してあった、マンション管理会社の社員に立ち会いを求め、部屋の鍵を開けてもらった。

殺風景と言ってもいい、室内だった。若い女性らしい華やかさとは無縁だった。

その代わりに、部屋の中央に大きなデスクがあり、三台のパソコンが置かれていた。

「パソコンが三台だなんて、何に使うんだ？」

呆れたように、日下が、部屋の中を見回した。

「青田さんの職業は、何ですか？」

津村が、管理会社の社員に尋ねた。

「工学系の研究所に、お勤めのようです」

「研究所？」

「ＮＡＧＡＴＡ研究所と書かれています」

管理会社には、住人の情報を記載したファイルが、保管されている。

室内には、轢き逃げ事件につながるような、痕跡は見つからなかった。

デスクの引き出しを検めていた日下が、

「あれ？　これって、橋本さんのじゃない？」

一枚の名刺を手にして、津村に呼びかけた。

『四谷探偵社
　所長　橋本　豊』

とある。

「間違いない、橋本さんのだ。『3月30日』と、ボールペンの書き込みがあるね」

「書き込みは、たぶん、青田まきが書いたんだ。ということは、橋本さんが、二日前に、被害者と会っていたってことかい？」

「どんな用件で会ったんだろう？　事と次第によっちゃあ、いよいよ事件だよ」

二人が「さん」付けで、橋本を呼ぶのは、五年前まで、捜査一課の、先輩刑事だったからである。

青田まきの部屋からの収穫物は、橋本の名刺一枚という、結果に終わった。

捜査本部に戻ってきた日下と津村から、橋本の名刺を受け取った十津川は、すぐに橋本に電話を入れた。

「久しぶり。仕事は順調かね？　聞きたいことがあるんだ。青田まきという女性を知っているか？」

突然だったので、一瞬、橋本の返事が遅れた。

「ええ、知っています」

「どういう関係なんだ？」

「先日、会いました。今、親御さんの依頼で、池戸彩乃という女性の、行方を探しています。青田まきさんは、彩乃さんの同僚で、学生時代から付き合いが続いています」

「青田まきの同僚の、池戸彩乃という女性が、行方不明なのか？」

「三月二十六日から無断欠勤して、現在、失踪中です」

「君は今、どこにいるんだ？」

「青森県の、大湊というところです」

「池戸彩乃を探してか？」

「ええ。少しずつ、足取りがつかめています。ところで、なぜ、私に電話を？」

「昨夜遅く、青田まきが轢き逃げに遭い、死亡した。睡眠剤を飲んで、ふらふら歩いているところを、撥ねられたらしい。計画的な殺人の疑いも出てきたので、青田まきの自宅を検べたら、君の名刺が出てきた」

「殺人の疑いですか？　池戸彩乃の失踪と、関係があるんでしょうか？」

「まだわからないよ。青田まきの同僚が、失踪中だなんて、今、聞かされたばかりだもの」

十津川は苦笑した。

「青田まきに会ったときのことを、詳しく教えてくれないか？」

橋本は、順を追って、青田まきとの面談について話した。

「青田まきが、何かに怯えていたようなことは？」

「感じませんでした」

「池戸彩乃の失踪について、なんて言ってた？」

「わけがわからないと、当惑していました」

「わかった。何か思い出したら、連絡してほしい。池戸彩乃についても、わかったことがあったら、教えてほしい」

そう言って、十津川は電話を切った。

3

日下と津村は、青田まきが勤めていたＮＡＧＡＴＡ研究所に来ていた。

所長の永田秀樹は、アメリカ出張中で、青田まきの上司の、菊池が応対してくれた。

「青田さんが、酒に酔って、車に撥ねられたなんて。亡くなったとは、まだ信じられません。轢き逃げ犯は、見つかったんですか？」

「残念ながら、まだ見つかっていません。ところで、青田さんは、お酒に強いほうでしたか？」

日下が聞いた。

「女性としては、いけた口でしょう。でも、酔っ払った姿は、見たことがありません。

少し顔が赤くなって、おしゃべりが多くなる、といった程度でした」

「こちらの研究所では、ロボットの開発をされていると、聞いていますが」

「ここでは、人型の、人工知能ロボットを開発しています」

「どのような役割をこなす、ロボットですか？」

「簡単に言ってしまえば、できるだけ人間に近づけたロボットです。人間と同じ動きをし、人間と同じように、判断するロボットです」

「青田さんも、ロボット開発に、たずさわっていらしたんですね？」

「大学院生時代から、この道一筋で、やってきていました」

「具体的には、どのような部門を、担当されていたのですか？」

「人工知能の開発です」

「といいますと？」

「ロボットが、人間の介添えがなくても、自律して行動できるようにしてやるのです。そのための、いわばルールを詰め込むのが、彼女の仕事でした」

日下は質問を変えた。

「最近、青田さんに、変わったところはありませんでしたか？」

「変わったところ、というと？」

「ふさいでいた、とか、あるいは、怯えていた、とか」

「いいえ、気づきませんでした」

言いながら、菊池は、刑事の質問をいぶかしんだ。

轢き逃げ犯の捜査で、青田まきに、普段と違ったところはなかったかと、聞いてきたのである。菊池は、二人の刑事から渡された名刺を、もう一度見て、

「捜査一課というと、強行犯を扱われる部署ですよね？　青田の事故に、なにか不審な点でも？」

菊池の顔が、思いなし、青ざめて見えた。

「じつは、青田さんの体内から、睡眠薬が検出されました。若い女性が、お酒と一緒に睡眠薬を飲んで、しかも、夜遅くに、自宅から遠く離れた場所を、ふらふら歩くものでしょうか？」

「まさか……」

菊池は、言葉が出ないようだった。

「君から、何か、聞いておくことはあるか？」

日下が、津村に話しかけた。

津村はうなずくと、

「青田さんの大学時代からの後輩で、池戸彩乃さんという方が、先月末から、出社されていないそうですね？」

ここに来る直前に知らされた、彩乃の失踪を、持ち出した。

「えっ！　なにか関係が……」

菊池は、青田まきの不審死を告げられた直後だけに、二重のショックだっただろう。

4

翌日、山口から、青田まきの両親が、調布の捜査本部にやって来た。

父親も母親も、山口大学で教鞭を執っているという。青田まきの家庭は、学者一家らしい。

娘の遺体と対面すると、二人は口元を覆い、涙を浮かべた。

両親の気持ちが落ち着くのを待って、十津川が聞いた。

「お嬢さんは、東京の郊外の調布辺りに、ご親戚か知人がいらっしゃるのですか？」

「親戚はおりません。まきの知人については、詳しいことはわかりません」

父親が答えた。

「お嬢さんは、睡眠薬を常用されていましたか？」

「離れて暮らしていたので、断定はできませんが、私たちが知るかぎり、睡眠薬は飲んでなかったようです」

四谷の青田まきのマンションからも、睡眠薬は見つかっていない。

「お嬢さんが、お付き合いされていた男性は、いらっしゃいますか？」

両親は顔を見合わせてから、母親が答えた。

「学生時代に、男のお友達ができたようなことを、言っていましたが、大学院生になってからは、聞いていません」

十津川が質問を繰り返すのに、父親はいぶかしげな表情を浮かべた。

「先ほどからお聞きしていると、娘の事故に、何か疑惑があるのでしょうか？　警察からの通知では、交通事故死だということでしたが」

「いくつか、不審な点もありまして」

「どういうことでしょう？」

「お嬢さんは、深夜、お酒と睡眠薬を飲んだ状態で、轢き逃げに遭われています。それに、調布のどこに行っておられたのかも、わかっていません」

「だれかが故意に、酒や睡眠薬を飲ませ、娘を轢いたと？」

「まだ、はっきりしたことは、わかっていません。事故と事件の両面から、捜査を行っているところです」

十津川は、質問を続けた。

「最近、お嬢さんと連絡をとられたのは、いつですか？」

「ひと月ほど前だったと思います。娘のほうから、電話がかかってきました」

「そのとき、何か、お嬢さんが気にされていたことはありませんか？　たとえば、無言電話があったとか、だれかに見張られている、といったことですが……」

「聞いていません。仕事の話ばかりでした」

「どのような？」

「仕事が楽しいと、言っていました。職場の雰囲気も明るく、娘の研究も順調のようでした。上司や同僚についても、悪いことは何も……」

「お嬢さんの職場の方に、会われたことはありますか？」

「研究所の創立何周年かのパーティで、お目にかかったことがあります」

父親が答えた。

「どなたか、印象に残った方は、ありますか？」

「娘の直属の上司の方と、所長さんは、憶えています。パーティのあと、お誘いを受けて、食事をご一緒しましたから」

「お嬢さんの上司は、菊池さんとおっしゃるのですが」

「ええ。温厚そうな方でした。娘についても、こちらが顔を赤くするくらい、褒めてくださいました」

「永田所長については？」

「工学系の研究者は、精力的だなと感じました。食事のあいだ中、ご自身が手がけている研究について、話しておられました」

十津川は、父親の言葉から、永田所長に批判的なニュアンスを感じた。

5

橋本が池戸彩乃の母親に電話をして確認すると、依然として、帰宅していないというし、何の連絡も入っていないという。

とすれば、彼女は、まだ、下北のどこかにいるのではないか？

橋本は、その可能性に賭けて、観光客が足を運びそうな場所を、当たってみることにした。

下北半島には、彼女が好みそうな場所がいくつかあった。橋本は、そこを、探してみるつもりだった。

下北半島には、鉄道は、南のほうにわずかに残っているだけで、終点は大湊である。橋本が調べてみると、昔は、大湊から下北郡大畑町の大畑駅まで、鉄道が通じていたという。

しかし、二〇〇一年に、廃止された。線路は今でも、残っていた。駅もである。その代わりのように、下北半島の中はバスが走っていて、海岸沿いに、連絡船や観光船が、走っているのを知った。

そこで、橋本は、大湊でレンタカーを借り、池戸彩乃が行きそうな場所を回ってみることにした。

橋本が、第一に行くことにしたのは、仏ヶ浦である。そこは、恐山よりも素晴らしいという声を聞いたからである。

もちろん、池戸彩乃が、行ったかどうかはわからない。

そこで、橋本はレンタカーで、佐井村という海岸の村に行ってみることにした。そこは小さな漁港なのだが、仏ヶ浦まで、小さな観光船が運航していた。

それに乗って、海岸沿いに、仏ヶ浦に向かった。

定員に近い五十人が乗っていた。その賑やかさに、少しばかり橋本は失望した。

しかし、仏ヶ浦に、近づくにつれて、橋本の失望は消えていった。

とにかく、目前に広がる自然の大きさに、打たれたのだ。

眼の前に現れた自然の造形は、恐山のそれをはるかにしのいでいる。向こうは、どこか作られたような自然だが、こちらのほうは、文字通り手つかずの自然である。風や波によって削られた巨大な奇岩群が圧倒的な風景を作っていた。

そのどの岩も、ナイフのように尖っている。

この日、天気はよかったが、風が強い。

仏ヶ浦には船着場が作られているのだが、風が強くなると近づけない。そのうえ浅瀬が多いので、観光船は潮待ちになるという。

観光船を降りて、巨岩の下まで歩いていくと、否応なしに人間がいかに小さいかを思い知らされてしまう。

地元の人たちが、無料でボランティアのガイドをしていた。

橋本は、そのガイドに、池戸彩乃の写真を見せて、

「この写真の女性が、ここに、来ませんでしたか？」

と、聞いてみた。

しかし、ガイドの男性の答えは、妙に曖昧だった。

「私たちガイドは、観光客の顔を見ながら案内しているのではなくて、風景を、見ながら説明をしているので、一人一人の顔は覚えていませんよ」

と、ガイドは、いうのである。

仏ヶ浦を歩く。その一つ一つに天龍岩だとか、蓬萊山などの名前が、付いていた。どこを見ても、景色は広大である。いたるところに巨岩がある。

風が強くなりそうなので、観光船は時間前に出港するという。

仕方なく、橋本は、観光船に慌ただしく乗り込み、佐井の港に引き返した。

佐井の港には、仏ヶ浦観光船の待合室があった。鉄筋コンクリート造りの立派な待合室である。たぶん、これほど頑丈に造らないと、海からの強風で、潰れてしまうのかもしれない。

橋本が、待合室に入っていくと、表紙に「旅の思い出」と書かれたノートが置かれていた。観光地によくある、観光客が、感想を綴るノートである。

橋本は、さほど期待を持たずに、大学ノートのページを、繰っていった。

すると、三月二十九日のところに、「池戸彩乃」と署名した文章にぶつかった。

〈私は何かを探しに、この、下北までやって来た。その何かが、わからないまま、恐山に行き、仏ヶ浦に行った。

しかし、北の自然に触れただけで終わってしまった。これなら、わざわざ、北に来た意味がない。

両親も心配している。それを考えて、いったん東京に、帰ることにする。〉

そして、「池戸彩乃」の署名である。

橋本は、大学ノートをスマホで撮影して、すぐに彩乃の母親に電話をかけた。

母親は、あれからずっと、彩乃のマンションに泊まっていた。

「今、下北半島の佐井という所に来ています。そこで、旅の思い出を綴る大学ノートに、お嬢さんの署名で、文章が書かれていました。スマホで撮影しましたので、送信します。お嬢さんの字か、確かめてください。ついでに、お嬢さんの署名のあるものがあれば、それを写して、私のスマホ宛てに送信してください。こちらでも、確認を取りたいのです」

そう言って、母親からの返信を待った。

十五分ほどして、写真が送られてきた。つづいて、呼び出し音が鳴った。

「たしかに、娘の字です。けれど、東京へ帰ると書きながら、まだ帰ってきていませんん」

娘の身に、何かが起こったのではと、心配する声だった。

「帰宅されていない理由はわかりませんが、もう少し、足取りを追おうと思います」

そう答えて、電話を切った。

送られてきた写真と、大学ノートの署名を見比べると、筆跡は同じだった。

彩乃は、佐井の港に姿を現していたのだ。

池戸彩乃が佐井の港でノートに記入したのは、三月二十九日である。今日は四月三日。すでに五日が経過している。にもかかわらず、彩乃は帰宅していないし、帰宅するとの連絡も入れていない。

では、あの文面は何だったのか？

失踪しながら、なぜ、わざわざ、目につくところに、足跡を残したのか？　恐山での口寄せも、佐井の旅の思い出も、どちらも作為を感じさせる。

仏ヶ浦から大湊まで帰ってきて、橋本は空腹を感じた。

近くの食堂で、下北の名物料理を食べることにした。

自慢のウニとホタテを、贅沢に使った料理である。ゆっくり時間をかけて、味わった。

もう一度、考えてみた。

彩乃は、だれかに、自分が帰京すると、思わせたかった。なぜかはわからない。

もしそうだとすると、彩乃は、帰京しない。かえって東京から離れていくかもしれない。下北半島の北には、北海道の広大な大地が広がっているのである。

橋本は、食堂の壁に貼ってある、下北半島の地図を眺めた。

下北は、本州の最北の地に見える。しかしよく見れば、マグロで有名な大間には、フェリーの乗り場があるのだ。

北海道の函館港に向かって、今でも、連絡船が一日に二便出ていると、書き込まれている。

もし、あのノートの言葉が、全く逆の方向を指しているとすれば、池戸彩乃は、東京に向かったのではなくて、大間から、北海道に向かったのではないのだろうか？

この推理が当たっている確率は、ほとんどない。橋本が勝手に、考えているだけである。

橋本は、もう一度、東京の、池戸彩乃の母親に電話をかけた。

そして、依然として、池戸彩乃が帰っていないこと、連絡も、入っていないことを確認してから、橋本は、レンタカーで下北の北端大間に向かった。

6

大間の町は、マグロで、有名である。そのことしか橋本は、知らなかったが、実際に大間に行ってみると、北海道への、玄関口でもあることが、わかった。

フェリー乗り場に行くと、そのことが、はっきりする。函館行の船が、一日に二便、夏になると一便増えて、三便になるという。

青函トンネルを使って、本州から北海道に行くのもいいが、今でも、ゆっくりと時間をかけて、海路で、北海道に向かう観光客も多いという。そうでなければ、一日に二便もの連絡船を、出すはずがないだろう。

橋本は港で、連絡船を見ていると、池戸彩乃は、ここから、フェリーで、北海道に渡ったのだと強く思うようになった。

そして、自分も、北海道に渡ってみることにした。

まずレンタカーの営業所に連絡して、大間で乗り捨てることを告げ、それから、フェリーの乗り場に向かった。

岸壁には、すでに、大型のフェリーが着岸していた。乗用車やトラックが、次々にフェリーに吸い込まれていく。

港内の案内板には、「ここは別れの場所」とか「出発の場所」、そんな言葉が、書かれている。

橋本は、津軽海峡フェリーに乗り込んだ。大間から函館までは、九十分である。

フェリーは、ゆっくりと、動き出した。夜になると、大間から、函館の明かりが見えるという。

しかし、今日一日、動き回っていたので、橋本は疲れきって眠ってしまい、津軽海峡の景色を見るチャンスを、失ってしまった。

気がつくと、函館港の岸壁が、目の前に近づいていた。

果たして、北海道に上陸して、池戸彩乃は見つかるのだろうか？

そんな迷いを振り切るように甲板に出て、橋本は、近づいてくる函館港に向かってカメラのシャッターを切った。

そのカメラの中に、池戸彩乃の姿をとらえることができるのだろうか？

橋本は、吐き出されるように、フェリーを降りた。

函館は、小雨が降っていた。

バスで、新函館北斗駅に向かう。北海道新幹線のために新しく作られた駅である。衝動に駆られて、北海道に来てしまったが、新函館北斗から、どこへ行くべきなのか。橋本は途方に暮れてしまった。

第三章　知床の海

1

橋本は、新函館北斗駅の近くのホテルに、泊まることにした。

ホテルの食堂で、遅い夕食をとりながら、この間の調査を、思い返していた。

池戸彩乃が無断欠勤し、そのまま失踪してしまった。才色兼備の、将来を嘱望される研究者の失踪である。しかし、失踪の原因が、まったく浮かんでこない。

その六日後に、彩乃の勤める研究所の同僚が、轢き逃げ事件で死亡した。単なる交通事故か、それとも作為のある、殺人事件なのか、まだわかっていない。

二つの事件は、つながっているのだろうか？

つながりがあるなら、青田まきは、謀殺された可能性がある。

失踪したはずの彩乃は、恐山と佐井の港に、これ見よがしに、足跡を残している。

失踪しながら、跡を追って来いという、何者かへの、メッセージとも思える。

　佐井の港では、帰京するとノートに書いているが、いまだ帰京していない。何を意図して、そう書いたのか？　狙いは何なのか？

　彩乃と青田まきに共通するのは、学年は違ったが、同じ大学で親しく付き合い、同じ研究所に勤務していたことである。

　彩乃が大学を卒業したのは、四年前である。二年間、都内のＩＴ企業に勤めたのち、二年前に、今の研究所にヘッドハンティングされた。

　青田まきが研究所に入ったのは、いつだろう？　大学院に進学して、今年二十八歳だった。大学院に四年在籍したとすれば、研究所に入ったのは、彩乃と同じころになる。

　彩乃の失踪と、青田まきの轢き逃げ事件に、つながりがあるかどうかは、十津川の捜査にかかっていた。

　その後の、捜査の進展を知りたいと思ったが、十津川に連絡するのは、遠慮された。橋本は、今は一般人なのである。新たな情報でも手に入れなければ、こちらから電話をかけるわけにはいかなかった。

2

考えがまとまらないうちに、疲れて眠ってしまった。目覚めた時は、朝を迎えていた。

ホテルで朝食を済ませてから、橋本は、今日一日を、どうするか考えてみた。このあと、どこを捜していいのかが、わからない。

レンタカーを借り、今日一日、函館市内を、走り回ってみることにした。その途中で若い池戸彩乃が行きそうな場所があれば、そこに行って、捜してみるつもりである。

橋本は、警察や観光案内所に行って、池戸彩乃の写真を見せ、この女性がこちらに相談にやって来なかったかを聞いて回った。

しかし、橋本が期待するような答えはなかなか返ってこなかった。

夕方になって、橋本は、道路沿いにある土方（ひじかた）・啄木（たくぼく）浪漫（ろまん）館にも、足を運んでみた。

そこは昔、石川啄木記念館があったところで、同じビルが一階は土方歳三（としぞう）函館記念館、二階が昔からの石川啄木函館記念館になっていた。

土方歳三記念館は、テレビなどで、有名になっているので、若い女性が何人か来ていた。

二階に上がっていく。こちらのほうは、以前からあったので、落ち着いた感じだった。

しかし、今のところは、土方歳三記念館のほうが人気があるのか、こちらは観光客の数は、まばらである。

館内を見ていると、ここにも、大学ノートが置かれていた。

橋本は、そのページをめくってみた。

石川啄木ゆかりの記念館だけに、和歌なども書き込まれていた。

そのうしろのほうのページに、池戸彩乃の名前があった。

橋本の予想は当たった。

〈M・Aさんが、交通事故死したらしい。故意か偶然かは、わからない。

だが、私もこのままでいるわけにはいかない。

人間は、一生に何度か、覚悟を求められるときがあるだろう。

今がそのときだ。〉

スマホを開いて、先の二つの筆跡と比べてみた。ノートの署名は、彩乃のものだった。

ただ、佐井の港にあったメッセージとは、どこか違った。

佐井では、だれかに宛てて書かれていた。しかし啄木記念館のノートに記された文言は、自らに言い聞かせるものだった。

M・Aとは、青田まきのことであろう。

青田まきの事件は、四月一日の深夜である。彩乃が啄木記念館を訪れたのは、二日以降ということになる。

「故意か偶然かは、わからない」と書いている。

彩乃は、青田まきが故意に轢き逃げされても、おかしくない状況だったと、考えているのだ。

まだ、疑問が残った。

彩乃はどのようにして、青田まきの死を知ったのか？

東京での轢き逃げ事件が、青森や北海道で、ニュースとして流されるとは思えない。

青田まきの死を、彩乃に教えた人物がいる。その人物は、彩乃と頻繁に連絡をとっている。

だが、橋本の調査では、その人物は浮かんでいない。すでに会っているのか、それとも、まだ会ったことのない未知の人物なのか。

新たな情報を得て、橋本は十津川に連絡をとった。

十津川の反応は速かった。

「これから一人でそちらに行く」

まもなく啄木記念館は、閉館の時間である。そこで、橋本は、現在泊まっているホテルの名前を、告げた。

3

橋本がホテルで遅い夕食をとっていると、十津川がやって来た。

時刻は午後八時を過ぎていた。

橋本は、十津川をホテルのティールームに誘った。

「今回は、お一人ですか？」

「まだ、池戸彩乃と青田まきの事件がつながっていると、はっきりしたわけじゃないからね。でも一応、北海道警には、電話で挨拶しておいた。ついでに、池戸彩乃が空港を利用したら、知らせてくれるよう、頼んでおいた」

「有り難うございます。助かります」

「おいおい、誤解しないでくれよ。われわれが、青田まき事件の参考人として、池戸彩乃を探しているんだ。君のためじゃないよ」

そう言って、十津川はにやりとした。

情報提供の見返りなのだと、橋本は思った。

佐井の港と、啄木記念館に残されていた彩乃の文章を、十津川に見せた。

「M・Aのイニシャルは、青田まきのことだね。ほんの数行の文章だが、ここには池戸彩乃の決意が書かれているような、そんな気がするね」

十津川は、まず啄木記念館の文章に触れた。

「佐井のほうには、切迫したものを感じない。いかにも一人旅の、感傷めいた内容だよ。ところが、青田まきの死を知って、まったく違ったトーンになっている」

十津川も、橋本と同じ印象を受けたらしい。

橋本は、昨夜から考えていたことを、話していった。十津川は何度もうなずきながら、聞き役に徹した。

橋本が、一通り話し終えると、十津川が言った。

「われわれはこれまで、青田まきの件だけに絞って、捜査してきた。単なる交通事故の可能性も捨てきれなかったのでね。その点、捜査の突っ込みが、甘かったかもしれない」

「仕方ないですよ。私が青田まきと会ったときにも、彼女には何の翳りもなかった。池戸彩乃が失踪せざるを得なかった、差し迫ったものが、青田まきにはまったく感じられませんでした。だから、彩乃の件と、青田まきの事件は、結びつけようがなかったんです」

「しかし池戸彩乃は、青田まきの死を知って、轢き逃げ事件の背後に、自分が逃げ出してきた、何者かの影を、察知したんだ」

「啄木記念館の文面からは、それ以外に、解釈のしようがありません」

「池戸彩乃の失踪と、青田まきの事件は、一つのものとして、捜査する必要があるね」

「私もそう思います」

「疑問があるんだが。君の話では、池戸彩乃は失踪当初、あちこちに足跡を残したということだ。なぜだ？」

「推測に過ぎませんが、彩乃は、相手を試してみたのではありませんか？」

「試してみた？　何を？」

「相手の出方をです。彩乃は、危害を加えられる恐れを感じて失踪した。しかし相手が、どれくらいの害意を持っているのかまでは、わからない。もし自分の行方を執拗(しつよう)に追ってくるなら、その害意は深いと思わざるを得ない。だからあえて、あちこちに足跡を残した。そして、どこからか、見張っていたのかも」

「じゃあ、君も見張られていたのか？」

「かも知れませんね」

橋本は、苦笑した。彩乃の行方を追う自分は、どんな人物と映っていたのだろう？

十津川が続けた。

「ところが、青田まきの事件が起こった。池戸彩乃は、敵の害意の強さを知らされた。それで、啄木記念館の文章を書いた。逃げるのはやめて、敵と闘うことを決意した内容だ」

「危険な賭けですね。生命を狙われるかもしれないのに」

若い女性が、一人で立ち向かうことのできる相手なのだろうか。気負い立ったところで、それだけで退けられる相手とも思えない。

「もう一つ、君の考えを聞きたい。池戸彩乃は、虎の尾を踏んだというか、相手を激怒させる、何ごとかを引き起こした。それは何だと思う？」

　しばらく考えて、橋本は答えた。

「今の段階で、そこまでは推測できません。ただ言えることは、それは彩乃と青田まきの接点上にあるのだと思います」

「二人の接点とは、研究所を指しているのか？」

「可能性は大です」

「研究所の何だね？」

「それはわかりません。企業機密に関係することか、あるいはお金に関係することか……。ところで、研究所の所長には会われましたか？」

「いや、永田所長には、まだ会っていない。アメリカからは帰国しているが、出張直後で、多忙らしい。近いうちに会えるだろう。所長には会っていないが、所長も含めて、研究所の主立(おもだ)った所員について、一応の調べは行った」

「何か、気づかれたことは？」

「人工知能をＡＩと言うらしいが、ＡＩロボットの世界は、思った以上に景気がいいようだよ。所員の給与は、銀行か大企業並みらしい」

「うらやましいですね」

「だけどＡＩロボットにたずさわる、研究者の環境が厳しいのも事実だ。あの世界の技術革新は、日進月歩どころじゃない。時々刻々と言っていいくらい進化、多様化している。その速さに置いてけぼりをくう研究者も、少なくない。勝ち組負け組がはっきり分かれるのも、日常的なことらしい。ところで所員の給与も悪くないんだが、所長はいったい、いくらくらいの収入なんだろう？」

「なぜですか？」

「永田所長が、最近になって、東京郊外の東久留米市に、豪邸を建てた。敷地四百坪、建坪が百五十坪もあるらしい。工科大学院の教授もやっているが、そちらの収入は、たかが知れている。ロボット工学の専門書も、何冊か出しているが、こちらも少部数だ。とすれば、収入の大半は、研究所関係ということになるんだが」

「価格はどれくらいですか？」

「土地・建物合わせて三億円。私鉄の駅も近い。車なら、新青梅街道まで数分の距離だ」

「そんな金額を聞くと、あくどい稼ぎをしてるんじゃないかと、邪推したくなりますね」

「邪推、大いにけっこう。私も、永田所長の収入源を知りたいね」

「それなら、明日、一緒に札幌に行ってみませんか？」

「札幌？　何かあるのか？」

「昨日、ホテルで食事をとりながら地元の新聞を読んでいたのですが、札幌市内に、四年前アメリカのＡＩ関係の会社が進出してきて、日本の専門家を集めて会社を設立したというのです。新聞には、日本一のＡＩ研究所だと、書いてありましたから、永田所長たちも、関係しているのかもしれませんよ」

と、橋本がいった。

4

翌日、二人は、橋本が借りているレンタカーで、札幌に向かった。

札幌の郊外、広大な敷地の上に、真新しい三階建てのビルが建っていた。「世界ＡＩ研究所」という看板がかかっている。

ここでは毎日定刻に、研究所員の案内で、ロボットの展示室を見学する小ツアーがあった。所用時間は四十分となっている。

一階のインフォメーションステーションには、多くの見学客が集まっていた。十五分後に小ツアーが始まると、掲示してある。

ステーションの正面には、三十人くらいの氏名を刻んだ、プレートが並んでいた。筆頭のプレートはやや大ぶりで、「所長」の肩書きが付いていた。アルファベットの表記なので、外国の研究者と思われた。

十津川が、プレートを指さした。

橋本が、その指先をたどると、「永田秀樹」の名があった。上から五番目だから、この研究所では優遇されているのか。

「自分の研究所を主宰しながら、この研究所にも所属しているんですかね？」

橋本が聞く。

「『世界AI研究所』がどういう組織なのか、その辺りも含めて、話を聞いてみようか」

十津川は、他の見学客とは別に、ステーションの係員に、面会を申し込んだ。

こんなとき、警視庁捜査一課の名刺が、威力を発揮する。刑事からの依頼とあって、すぐに係員は、担当者を呼び出してくれた。

総務部長を名乗る人物がやって来た。渡された名刺には、瀬戸隆とあった。

ステーションの奥の、応接室に案内された。

「私どもの研究所が、何か事件とかかわりがあるのでしょうか？」

緊張した面持ちで、瀬戸が尋ねてきた。

「たまたまこちらの研究所の記事を見かけ、現在手がけている事件が、同じ業界でしたので、ご教示たまわりたいと、押しかけた次第です」

十津川が、丁重に答える。

事件とは関係ないと聞いて、瀬戸の表情がゆるんだ。

「どういったことを、お知りになりたいのでしょう？」

「この研究所を、日本に設立された理由は？」

「設立は四年前。東アジアから東南アジアへ進出する拠点づくりです。日本は技術立国と言われるくらい、世界に冠たる精密技術の蓄積があります。またそれを引き継いできた、優秀な人材に溢(あふ)れています。それが日本を拠点にする第一の理由です。中国などと違って、法整備もしっかりしていますし、治安も世界一いい」

「こちらの所長は、外国の方のようですが」

「アメリカ国籍です。当研究所のオーナーでもあり、本部はシリコンバレーに置いています」

「オーナーと言われるのは、資金の調達も、所長自らが、されているということですか？」

「アメリカ国内で、資金を募っています」

「アメリカ政府からも、資金が出ているのですか？」

「大半は、民間の企業からです。ここでは、ＡＩ開発を行っています。協賛してくださる企業は、ＡＩ技術で新しい商品を開拓しようと、模索しているところが多いのです。子ども向けの玩具メーカーもあれば、通信会社もあります。サービス業からの出資も多いようです」

「ＡＩが人工知能という意味だということくらいは知っていますが、どういった人工知能を研究されているのでしょう？」

「人工知能は飛躍的な進歩を遂げています。演算能力に限れば、五十年前の人類が、一生かかっても計算しきれなかった桁数の数字を、瞬時にたたき出します。事前に詳細なデータを入れておけば、株の売買など、ＡＩが自動的に、一〇〇〇分の一秒単位で行ってくれます」

驚くべき数値である。これでは一般投資家に、入り込む余地はあるのだろうか？

「日本人のＩＱは、せいぜい一五〇くらいです。それでも天才と呼ばれます。この研究所の人工知能のＩＱは、五〇〇〇から六〇〇〇に達しています。とてつもない数値

「想像も及ばない数値ですが、それがわれわれの生活と、どう結びつくのでしょうか？」

「おっしゃるとおりです。問題は、高度に進化した人工知能の使い道です。何に使うのか、研究者によっても、そのアプローチに二つの流れがあるようです。一つは、具体的な目標を掲げて、それに適した仕様に、人工知能を育て上げる方法です。たとえば、自動運転の車です。もう一つは、人工知能の性能を広く開示して、使い道は、ユーザーに考えてもらおうという流れです。こんな性能があるなら、こういったことがしたいという要望を、集める方法です。この二つは、相互に影響し合いますが」

「どちらも、一理ありますね」

「人工知能を、人間の脳とつなごうとしている研究者もいます」

「つなげれば、どうなります？」

「理論上は、超人とでもいうべき人間が出現します」

「超人ですか？」

十津川は、研究者という種族の、発想の異常さに驚いた。

「ステーション正面に、プレートが掲げられていますが、あれはどういった方々でしよう？」

「この研究所は、おもに人工知能を開発していますが、人型のＡＩロボットの開発にも、力を入れています。人型ロボットを、人間に似せて動かすには、様々な分野の、最新・最高の技術が必要です。自動車工業の裾野が広いように、一社や二社が独自に開発を進めても、なかなかうまくはいきません。ロボット開発の裾野も広い。そうした協力関係にある企業や研究者のお名前を、掲示しています」

「あの中で一人、名前を存じ上げている方がいます。工科大学院の永田秀樹教授ですが」

十津川が、永田の名を出すと、一瞬、瀬戸の表情がくもったように見えた。

「ＮＡＧＡＴＡ研究所の永田所長ですね。あの方は、人型のＡＩロボットを専門に開発されています。うちの研究所の、有力な協力者です」

瀬戸は、抑揚のない口調で答えた。

その日、北海道の地方紙・札幌新報に、次のような記事が載った。

〈四年前に設立された世界ＡＩ研究所のノース所長は、次のような談話を発表した。

『私はＡＩ（人工知能）について、日本人の研究・開発を高く評価し、札幌に研究所を設立した。研究所は、所期の目的どおり、ＡＩ開発のアジア拠点の役割を担ってきた。その役割は十全に果たせたと考えているし、これからも果たしていくだろう。
　ＡＩ開発は、新たな次元を目指す段階を迎えている。当研究所は従来どおり、研究・開発を続けるが、私個人は、新次元の事業に専念するため、当研究所を去ることにした。後任の所長は、後日発表する』
　新たな事業の、具体的な内容は明らかにされていないが、ＡＩ技術の拡大・進化にともない、この業界にも、戦略・戦術の転換期が訪れたと言える。世界ＡＩ研究所の、今後の動向が注目される。〉

「新次元の事業と言っているが、どんな内容なんだろう？」

　いったんホテルに戻って、札幌新報を見ながら、十津川が橋本に尋ねた。

「私の頭では、想像もつきませんよ」

「しかし、所長の談話は、読み方次第では、札幌の世界ＡＩ研究所は、新次元の事業には参画しない、ともとれるよ」

「言われてみれば……」

「新戦略構想からは、切り離すってことかな？」

「昔から言いますよね、『新しいブドウ酒は、新しい革袋に』って。今の世界AI研究所は、完成された機構なんですよ。その一部をいじったところで、新事業には対応できない。だからまったくのゼロから、新たな機構を創ろうってことじゃないですか？」

「かも知れないね。この記事を書いた記者に会ってみたい。一緒に行くかい？」

橋本は一瞬、迷った。彩乃を追うほうを、優先するべきではないかと、考えたのである。

だが思い直した。彩乃の失踪の原因が、NAGATA研究所にあるのなら、AI開発の現場を、もっと知っておきたいと思った。

5

札幌新報社の社屋は、裏通りの、古い三階建てのビルだった。

中に入ると若い女性が立ってきて、十津川から用件を聞くと、社内電話を入れた。

五十過ぎの、長身で痩せ型の男性が、階段を降りてきた。社長だという。

「エレベーターがないものですから」

と断って、十津川たちを、階上に誘った。

十津川は、今朝付けの札幌新報を出して、

「この記事について、教えていただきたいのです」

と切り出した。

「東京の警視庁の、それも捜査一課の刑事さんが、何のご用でしょう？　この記事が、事件と関係があるのでしょうか？」

社長が、戸惑ったように言う。

「いえ、参考までにです。この記事を書かれた記者は？」

「私です。小さな新聞社ですから、私も取材をしています」

「『世界AI研究所の、今後の動向が注目される』とありますが、どういう意味でしょうか？」

「記事の常套句（じょうとうく）です。あの研究所は四年前に、鳴り物入りで設立されました。AI開発のアジアの拠点、日本のAI技術の粋（すい）を結集、AIロボットの新世紀を拓（ひら）く、などなど。その研究所が、所長談話によれば、新たな次元の戦略からはずされるというのです。突然の話なので、真意がつかめません」

「何か、推測できる理由は、ありますか？」

「さっぱりわからない、というのが正直なところです。新次元の事業というのが本当でも、具体的な内容が、発表されないのですから」

「仮にですが、新次元の事業というのが、まだ具体性をもっていないとしたら？」

「所長がアメリカに撤退する理由は、ほかにある、ということになりますね」

「その可能性はありますか？」

「わかりません。あそこの所長は、時々、大袈裟(おおげさ)な発表をしますから。新次元の事業というのも、割り引いて考えたほうが、いいかも知れません」

「研究所の機構が、新たな事業に対応できない、との見方もありますが」

「それはありません」

社長は、きっぱり否定した。

「あの研究所には、機構と言われるようなものはありません。もともとあそこは、実態のよくつかめない研究所ですから」

「どういうことでしょう？」

「たとえば、人型のＡＩロボットの開発を目指すとします。何のために、どういった性能を有するロボットにするのか、形はどうするのか、それらはオーナーである所長が、独断で決定しています。あとは各部門に分割して、所長の要求するパーツを、開発するだけです。それらの個々の部門にしても、最先端技術を開発した企業や研究者が、次々に取って代わる。離合集散が激しい。その時点での、最高の技術を集めるためです。固定化した組織より、流動性があるほうが、新たな発想を生み出しやすい、それがあの研究所の方針のようです」

「あそこの関係者に、永田秀樹という研究者がいますが、ご存じですか？」

「直接会ったことはありません。噂はいろいろと聞いています」

「どんな噂ですか？」

「研究所が設立された際、主立った方々の経歴と事績を、調べたことがあります。永田さんは、日本のＡＩ研究のホープと言われる、優秀な研究者です。ただ、お金にはうるさいようでした。以前は、ロボットの需要が少なかった。ロボット市場は、毎年五〇パーセント増の成長産業になっていますが、逆算すると、そのころの市場規模は、ずっと小さかった。研究所の維持は、大変だったのでしょう。お金にまつわる、かんばしくない噂がありました」

「法に触れるようなことですか？」

「きわどい行為だったらしいです。世界ＡＩ研究所は、日本国内で最先端を行っていました。アジアでも、そうだったでしょう。ただそれらの研究成果は、多くのベンチャー企業と研究者によって、達成されたものです。それらのデータを、永田教授は親密な企業に、こっそり流していたらしいのです」

「告発されなかったのですか？」

「親しい研究者が洩らしてくれたのですが、明白な証拠がなかったのです。相手企業だって、渡されたデータを、そのまま採用するわけではありません。巧妙に加工しますからね」

「現在はどうでしょう？」

「今は違うのではありませんか。世界AI研究所とも、依然として協力関係にありますし、永田さんは人型AIロボットを量産して、売上げも好調だと聞いています」

「ロボットの売上げで、NAGATA研究所の資金も、潤沢なのですね？」

「ロボット市場は、急加速で拡大しています。先ほど言いましたように、年率五〇パーセントを超える成長率です。AIを使った一般ユーザー向けの商品を開発する企業は、こぞって資金提供を申し出ています」

翌朝、世界AI研究所から、十津川に電話がかかった。

ノース所長の後任を務める香川だと、自己紹介した。

「総務部長の瀬戸から、十津川警部のご来訪を、知らされました。本来なら、私がお相手させていただくのでしたが、所長のノースとの引き継ぎや、記者発表の準備などで、失礼しました」

丁重な挨拶を聞きながら、十津川はいぶかしく感じた。電話をかけてきた、相手の意図がつかめないのである。

「瀬戸とのお話の中で、十津川警部から、永田秀樹教授の名前が出たと聞き、お伝えしたほうがいいかと、ご連絡した次第です」

「永田教授が、何か？」

「本日付けで、永田教授と当研究所は、提携を解消することになりました」

「世界ＡＩ研究所のほうから、絶縁を申し渡された、ということでしょうか？」

「はい、そうです」

「どういう理由なんですか？」

「うちは、アメリカの民間のＡＩ研究所の日本支所として発足しました。アメリカの資金と頭脳、それに日本の頭脳を持ち寄って成果をあげつつありました。ただその成果は、アメリカの研究所に属します。ところが、永田教授は、その成果を、日本の会社に、高額で、売っていたんです。それによって、彼は、莫大な利益をあげ、うちは、大変な損失を受けました」

「永田教授に、損害賠償を求めることも、考えているんですか？」

「もちろん、考えていますが、損失の正確な額を計算するのが難しいので、現在、顧問弁護士と相談しているところです」

「永田教授を告訴はされないんですか？」

「今は、まだ、考えておりません」

新所長はそう言って、通話を打ち切った。

話を聞き終えて、十津川には違和感が残った。

昨日の今日である。

十津川は、永田教授の名前は、話のついでといった感じで、出したつもりだった。ところが相手は、敏感に反応した。

世界ＡＩ研究所は、永田教授とはいっさい関係がないという、宣告だった。

刑事の習性である。香川新所長の電話の裏を、勘ぐりたくもなる。

ホテルに同宿している橋本を呼び出して、ロビーで落ち合った。

「そう言われれば、不自然ですね。わざわざ警部に連絡してくる、必然性がありません」

十津川から話を聞いて、橋本も首を傾げた。

6

十津川と橋本が、ホテルのティールームに移って、コーヒーを飲んでいると、十津川の携帯が鳴った。北海道警の矢田(やた)警部補からだった。

「先日お尋ねのあった人物が、新千歳(しんちとせ)空港から、女満別(めまんべつ)行きの全日空に乗ったことがわかりました」

「いつのことですか？」

十津川は、気負い込んで尋ねた。

「昨日の、午後の便です」

「昨日ですか？」

十津川は、少し気落ちした。池戸彩乃が女満別空港に到着する前であれば、強引な理由をつけてでも、現地の警察に拘引(こういん)させることもできたのだが。

「申し訳ありません。十津川警部のお話では、緊急手配の必要はないとのことでしたので、朝一回、各空港に問い合わせるようにしてまして、今朝、池戸彩乃の名前を発見したのです」

「お手数をおかけしています。参考までに話を聞きたいといった程度の女性ですから、仕方ありません。重ねて、厚かましいお願いですが、またこの女性の動向がつかめましたら、お知らせいただければ、助かります」

「お任せください」

好人物らしく、矢田警部補は、十津川の依頼を、快諾してくれた。

十津川は、電話の内容を、橋本に伝えた。

「昨日ですか」

橋本も、十津川と同じ言葉を口にした。

フロントで、女満別行きの航空便を調べてもらった。一三時〇〇分の日航便があるという。

飛行機の離陸時間まで、余裕があった。

「女満別なら、近くに網走（あばしり）と知床があります」

「君は、彼女が、網走か知床に行ったと考えているのか？」

「当てずっぽうですが、そんな気がします」

「わかった。ともかく女満別まで行ってみよう。話はそれからだ」

二人は早めの昼食をとって、橋本のレンタカーで、新千歳空港に向かった。

レンタカーは、空港で乗り捨てた。

女満別まで、四十五分である。

あっという間に、着いてしまった。

ここから、池戸彩乃が、どこに向かったかはわからないのだが、二人は、迷わずに、バスで知床に向かった。

ここまでの池戸彩乃の足跡を見ていくと、下北の恐山、仏ヶ浦に近い佐井の港、北海道の石川啄木函館記念館と、その土地の名所・旧跡を訪ね歩いていたからだった。

女満別空港で降りた乗客は、ほとんど、知床に向かうのである。池戸彩乃も、知床に向かったに違いないと、十津川も橋本も考えていた。

バスは、満員に近かった。

全員が、知床行きである。

知床が近くなった所で、バスが停まる。オシンコシンの滝である。その滝を見に、バスを道路近くに、大きな滝が見える。

離れる客もいれば、近くの休憩所で、軽食をとる者もいれば、写真を撮る者もいる。

二人も、いったんバスを降り、休憩所に入ってコーヒーを飲むことにした。

橋本は席につくと、やって来た若いウェイトレスに、

「この人を、見かけませんでしたか?」

テーブルに、彩乃の写真を三枚ほど並べた。

ウェイトレスは、驚いたように、橋本の顔を見つめた。

向かいに座った十津川が、胸ポケットから、警察手帳をのぞかせた。

それで納得したのか、ウェイトレスは写真を手にして眺めていたが、やがて首を振った。

「他の人にも、聞いてもらえませんか?」

橋本が言うと、ウェイトレスは写真を持って厨房に向かい、しばらくして、同年配の女性をともなって、戻ってきた。

「この人が、見かけたそうです」

「いつのことですか?」

十津川が聞いた。

「昨日の今ごろ、お客さんと同じように、バス休憩で、入って来られました。昨日は、私がホール当番でした」

「何か記憶に残ったことはありませんか? たとえば、服装とか」

「緑色の、アウトドア用のコートだったと思います。知床周辺の観光地図は置いていないかと、聞かれました。たまたま切らしていたので、差し上げることはできませんでしたけれど」

「ほかには？」

「それだけです。温かいミルクティーを注文されて、飲み終えると、またバスのほうに戻って行かれました」

二人のウェイトレスが去ると、

「君の勘は当たったね。ことさらに、誰かの記憶に残るような行動をしているのも、これまでと同じだ」

十津川が言ったとき、バスの出発が告げられた。

二人は、急いで、バスに戻った。

次が、終点のウトロである。

ウトロは、知床半島の根元にある町で、知床半島をめぐる観光船も出ている。

はたして、池戸彩乃は、ウトロにいるのだろうか？

ウトロの町が、視界に入ってくる。

小さな町だが、日本の町というより、アメリカの西部劇の開拓村の感じである。

二

人は停留所で降りた。

眼の前の通りに、同じ感じの店が、何軒も並んでいた。

椅子とテーブルが並べてあるから、カフェのように見えるが、その店も、大きな看板を出している。

〈知床丸　明日の出航予定
　午前八時
　〃十時
　午後二時
申込みは、当事務所へ〉

建ち並ぶカフェは、どこも同じような看板を出していた。

町から少し外れた所に港があり、岸壁には、知床半島の観光船が、ずらりと並んでいる。

ひときわ大きいのは、町営の観光船で、あとの船は小さい。せいぜい五、六人から、十人乗りくらいだろう。こちらは個人所有で、さっきのカフェみたいな店の主が所有しているのだ。

今日は、もう、終わりらしい。

二人は、夕食をとる店を探した。どんな店がいいのかわからず、近くに寿司店があったので、そこに入った。

他に客の姿はなく、若い職人がひとりだった。

橋本が、素早く、池戸彩乃の写真を見せて、この人を見なかったかと聞く。

「うちに来るお客さんの中には、いませんよ」

と、いわれてしまった。

寿司店なのだが、凝った造りではなくプレハブである。

小さな庭がある。

二人が食べている最中に、その庭に、大きなエゾシカが二頭入ってきて、庭に植えてある果実を食べ始めた。

それを見て、店の主人は、

「畜生！」

と大声をあげ、天井から吊るされているザルに手を伸ばした。

十津川は、ザルの中身が気になっていたのだが、主人がザルの中からつかみ出したのは石だった。

店の主人は、それを五、六個つかむと、庭に出て、今度は、二頭のエゾシカ目がけて、石を投げつけ始めたのだ。

「こん畜生！」

と叫びながら、ニホンジカに比べて、二倍近い大きさのエゾシカである。

何しろ、石が命中しても、果実を食べ続ける。

「こん畜生！」

「こん野郎！」

と、叫びながら、店の主人は石を投げ続けている。

何とか、二頭のエゾシカを追い払って、赤い顔で戻ってきた。

「大変ですね」

と橋本が声をかけると、店の主人は、小さな溜息を吐いて、

「エゾシカが増え続けて困っているんですよ。うちの庭にだって平気で入ってきて、果実を全部食べちゃうしね。ひどい時には、うちの庭で、子供を産んだこともありましてね」

「殺してはいけないんでしょう？」

「それは、禁じられています。だから、小石を用意しておいて、ぶっつけて追い払うしかないんです」

　と、いう。

「そういえば、大通りを、エゾシカが、のんびり歩いていましたね。初めて見たので、素敵だなと思ったんですが、住民にしたら、大迷惑なんですか」

　と、十津川が聞くと、

「そうです。キタキツネも、可愛(かわい)いんですが、突然、車に飛び込んできたりするんですよ。私の知り合いで、車を運転しているときに、キタキツネに飛び込まれて、よけた拍子に車をガードレールにぶつけてしまったのがいますよ」

　と、店の主人が、いった。

　寿司店を出た後、二人は主人が教えてくれたこの町で一番大きなホテルに向かった。丘の中腹にあって、大きなホテルだが、宏壮(こうそう)という感じではなく、大きな合宿所の感じだった。入口には、観光船の時間を知らせるボードが置かれていた。

　翌朝、食堂に、降りていくと、朝食のおかずが盛られた大きな鉢が並んでいた。人気のおかずの方は、すでにカラッポになっている。

「まるで、合宿みたいだね」
と、十津川は、笑ってしまった。
ホテルの玄関のボードには、
〈本日、大型観光船の出航可
　第一回、午前十時
　第二回、午後二時〉
と、出ていた。
二人は、午前十時出航の便に、乗ることにした。
ホテルの車が、港まで、送ってくれる。
町営の大型船は、ゆっくりと出航し、ゆっくり、港を出て行く。
個人経営の小型船は、先を争うように、十津川たちの大型船を追い越していく。
観光シーズンになれば、陸から、知床半島の先端まで、歩いていけるのだが、今は、まだ海側からの船による観光である。
出航したあと、二人は船内を調べて回ったが、池戸彩乃の姿はなかった。

帰港すると、午後は、町の中を歩いて、池戸彩乃を探した。

だが見つからなかった。

女満別に行く観光客の大半は、知床へ行く。

それなのに、なぜ、池戸彩乃は見つからないのか？

二人は、改めて、知床周辺の地図を見た。

女満別空港がある。そこで降りた観光客の大半は、知床に向かう。しかし、近くを石北（せきほく）本線が走っているし、網走も近い。

「普通なら、知床に向かうが、池戸彩乃は、何か理由があって、知床に行くと見せかけて、網走に行ったのかも知れない」

と、十津川が、いった。

「網走から、釧網（せんもう）本線に乗れば、釧路（くしろ）にも行けますね。丹頂鶴（たんちょうづる）を見にも行けますよ」

と、橋本もいった。

「池戸彩乃が、行先を、急に知床から変えたとしたら、どんなケースが、考えられるかな？」

と、十津川が、聞く。

「私は、青田まきの事件が、きっかけになったと思います。今までは、自分を追跡しやすいようにと、足跡を残してきたが、今度は行方をごまかすために、足跡を残したのではないかと思います」

「君の考えに従えば、青田まきの事件以降に、彩乃が残した足跡は、追跡を混乱させるために仕掛けた、ということになるが？」

「そんな気がしています」

「バスの休憩所で、わざとウェイトレスに観光地図について尋ねたのも、いかにも知床に行くと見せかけた、ということか？」

「たぶんですが」

「それなら、知床行きを装った彩乃は、どこに行ったと思う？」

「ただ逃げ回っているのだとは、思えません。何者かと、対決しようとしています。啄木記念館に残した文面からは、そう読み取れます。とするなら、追跡者とあまり離れてしまうようなことは、しないと思うのです。知床からあまり離れた所には、行っていないと思います」

「そうすると、知床の周辺か？」

「地図で見ると、JR釧網本線の周辺だと思います。釧網本線は、知床周辺を、輪をつくるように走っていますから」

たしかに、網走から摩周を通って、釧路に到る釧網本線は、知床半島を、北海道の他の部分から、切り離しているように見える。

二人は、その日のうちに、釧網本線の知床斜里駅まで行き、釧路行の列車に乗った。その列車の中から、十津川は、東京に電話し、今回の事件の捜査を担当している刑事たちを、釧路に呼ぶことにした。

二人は、釧路に着くと、駅前のホテルに入り、刑事たちが、到着するのを待った。

午後七時過ぎに、四人の刑事が、到着した。

夕食は、すませてきたと言う。

さっそくホテルの一室を借りて、捜査について話し合った。

異例のことだが、橋本も参加した。

橋本が、池戸彩乃の失踪について、これまでの経緯を説明した。

「橋本君は、青田まきを轢き逃げした犯人と、池戸彩乃を追っている何者かは、同一人物と考えているのか？」

橋本が話し終えると、亀井刑事が質問した。

「断定はできませんが、今回の失踪と轢き逃げが、つながっているとしたら、背後に何者かの意思が働いている、とは考えています」

「実行犯と、それを指示した者がいるということか？」

「私は、そのように考えています。池戸彩乃の失踪が三月二十六日であり、轢き逃げ事件は四月一日の深夜。彩乃の失踪から一週間あとのことです。彩乃の失踪に気づいた何者かは、すぐに追跡を指示したでしょう。追跡者は、四月初めには、下北半島から北海道方面を、探していたと思われます。東京の調布で、轢き逃げ事件を起こすのは、難しいと思われます」

「となると、追跡者と、轢き逃げ犯、それに指示を出した何者かの、三人がいることになる」

亀井が、憮然（ぶぜん）とした表情で言った。

十津川が、知床の地図を広げた。

「池戸彩乃は、背後の何者かを、引っ張り出すために、知床周辺に潜んでいる可能性がある。追跡者もたぶん、知床までは、来ていると思われる」

「警部、池戸彩乃は、危険な賭けに出ていますね」

「そう。危険な賭けだよ」

十津川が言った。

第四章　知床か洞爺湖か

1

十津川は、亀井刑事と三人の刑事を、北海道に残した。池戸彩乃を探すためと、追跡者を見つけるためである。

十津川は一人、東京に帰った。三上(みかみ)本部長へ報告し、青田まきの事件を、殺人事件として、捜査をやり直す必要があった。

十津川の帰庁を待って、急きょ、捜査会議が開かれた。

冒頭、十津川が言った。

「青田まきは誰かに、調布近辺に呼び出され、酒とともに睡眠薬を飲まされた。そして、朦朧(もうろう)状態で歩いているところを、尾行者が車で撥ねた。この方向で、捜査を進めていく」

「殺人事件と断定するのですね？」

北条早苗刑事が、確認する。

「そうだ。状況証拠しかないが、池戸彩乃の身辺に、危険が迫っていると考えられる。事件に巻きこまれる前に、彼女を保護したい。そのためには、青田まき事件の首謀者を割り出す必要があるんだ」

「十津川君、一つ疑問がある。池戸彩乃は、なぜ失踪という手段をとったのだ？　青田まき事件の犯人に心当たりがあるなら、警察に訴え出れば、いいじゃないか？」

三上本部長が、質した。

「それは、私も考えました。池戸彩乃には、警察に訴え出られない事情があるのか、それとも、訴え出ても、仕方ないと判断したのか。そのどちらかでしょう。私は、後者の理由ではないかと、考えています」

「というと？」

「池戸彩乃も、青田まき事件の犯人を特定できるような、確実な証拠を握っていないのです。そう考えれば、彼女の逃避行の意図も、はっきりしてきます。自分を囮にして、真犯人をおびき出そうとしているのです」

「真犯人について心当たりはあるが、確証は摑んでいない。だから自分を囮にして襲わせ、警察に逮捕させようというのか？」

「池戸彩乃は、各地に足跡を残しています。それらをつぶさに検討すると、彼女は真犯人に対して、追跡の足がかりを与えると同時に、われわれ警察にも、追跡を期待しているように、思えるのです」

「たとえば？」

「新千歳空港から女満別に向かった搭乗者名簿に、本名を記載しています。行方をくらますなら、偽名でもよかった。だが、それはしなかった。航空各社に、いち早く、搭乗者名簿を開示させられるのは警察です」

「つまり、本名で飛行機に乗ったのは、警察宛てのメッセージだということか？」

「私は、そう受け取っています」

会議室には、しばらく沈黙が流れた。

静寂を破ったのは、三上本部長だった。

「肝心なことを聞くのを、忘れていた。犯人が、青田まきと池戸彩乃を抹殺しようとする動機は、何なのだ？」

「まだ、わかっていません」

「わかってない？　動機もわからずに、真犯人を突き止められるのか？」

三上が、呆れたように、言った。

「ただ、殺害の動機が生まれたであろう場所は、推測できます」

「どこだ？」

「青田まきと池戸彩乃の勤務先である、ＮＡＧＡＴＡ研究所です。そこ以外に、二人の接点は浮かんでいません。ですから、私と日下、西本、三田村で、ＮＡＧＡＴＡ研究所で、何が行われていたのか、調べたいと思います」

十津川のその言葉で、捜査会議は締めくくられた。

夜遅くになって、再び捜査会議が持たれた。

十津川ら四人の刑事は、その日一日、精力的に、情報収集に走った。

ロボット工学にたずさわる研究者や、人工知能の開発に当たるベンチャー企業を、軒並み訪問したのである。

まず日下刑事が、ＮＡＧＡＴＡ研究所について、報告した。

「ＮＡＧＡＴＡ研究所は、工科大学院の永田秀樹教授が、個人的に主宰する、ロボット開発および販売の会社です。設立は八年前です。ＮＡＧＡＴＡ研究所は、人型の人工知能ロボットの開発に、力を注いでいます」

「人型の人工知能ロボットとは、どういうものだ？」

　三上本部長が聞く。

「『人型』は、人間と同じような体型で、人間と同じ動作をする、という意味です」

「二足歩行で、階段の上り下りもできるというやつだな？」

「宙返りのできるロボットも、開発されています。その次の『人工知能』というのは、各種センサーを使って、知識を蓄え、聞き、話し、判断を下せるコンピュータだと思ってください。人工知能は学習能力もあるので、経験を積めば積むほど、進化していきます」

「じゃあ、『ロボット』は？」

「『ロボット』というのは、今のところ、厳密な定義はないそうです。自動機械、自律して動く機械だと思ってください。自動車組み立てのロボットは、決められた動きしかしません。自動運転車も、道路上を安全に、効率よく運行するために作られた、ロボットです。介護施設で、力仕事を補助するロボットもあります。ところが、人型の人工知能ロボットは、人間の代わりをするもので、人とコミュニケーションをとることができます」

「たとえば？」

「顔の筋肉の動きや、声のトーンから、その人間の感情を読み取ります。一般に知られている人型の人工知能ロボットは、試験的に、銀行やデパート、空港に設置されているロボットです。客の質問に答えたり、落とし物の発見、建物内の案内などに使われています」

「NAGATA研究所のロボットも、そうした目的のものなのかね？」

「研究所のほうでは、具体的な使用目的は、決めていないようです。汎用性を売りにしており、ロボットの性能だけを謳って、使い方は、購買者が決めてください、というシステムです」

「ロボットの形は？」

日下は、ホワイトボードに、ロボットの写真を貼り付けた。

「身長は一四〇センチ、重さは四八キロ。一回の充電で約十五時間、稼働できます」

「一四〇センチとは、少し低いな。小学校四、五年くらいの身長か？」

「これでも国内では最大です。大型になれば、それだけ大きな動力を必要とします。バランスをとるためのシステムも複雑になります。バッテリーも、大きくしなければなりません。今のところ、これくらいの大きさが、全体のバランスに、最適なようです。人型ロボットは、子どもたちと触れあう機会も多いため、威圧感をなくし、同時に事故を防ごうというのでしょう」

「ロボットの価格は？」

「一体が、二百万円です。ほかに、メンテナンスや保険料で、百万円ほどかかります」

「その価格は高いのかね？　安いのかね？」

「いちがいには言えません。一体二十万円を切る価格で販売している、大手企業もあります」

「NAGATA研究所のロボットは、十倍の価格か？」

「それだけの性能を、備えているのでしょう。売れ行きは好調です。というのも、日米の最高の技術を結集させたうえに、時々刻々と、新たなデータを、人工知能に注入して、バージョンアップを図っているからです」

「NAGATA研究所の様子は、わかった。十津川君、所長の永田教授については、どうだった？」

「日本のAI研究者では、ナンバー・ワンとの評価です。優秀さはアメリカでも知られており、この四年間、世界AI研究所でも、重用されてきました」

「世界AI研究所の資金は、アメリカから来ているのだったな？」

「アメリカからの資金で、運営されています。ところが先日、世界AI研究所のノース所長が突然辞任し、その直後に、永田教授は、世界AI研究所から、提携解消を通告されています」

「理由は？」

「ノース所長の後任の、香川新所長からの電話では、永田教授は、世界AI研究所が開発した企業機密を、他社に売り渡したり、自分の研究所のロボットに、無断で転用したというのです」

「背任行為じゃないか。告訴をするんだろうな？」

「いえ、それが、歯切れの悪い返答でした。損失額の算定が難しいので、どうするか、決めかねている、とのことです」

「損害賠償の請求額の、算定が難しい？　何バカなこと言ってるんだ。それこそ、人工知能に計算させればいいじゃないか」

刑事の誰かが、クスッと笑った。

「永田教授には、お金にまつわる、かんばしくない噂があったようです。噂の真偽は定かではありませんが、彼は最近、東京・東久留米の繁華な場所に、豪邸を建てています。土地・家屋で、時価三億円です」

捜査員たちから、ほうっといった声が洩れた。

「警部、怪しいですね。先ほどの日下刑事の話では、ロボット一体が二百万円です。百体売って二億円、二百体でも、売上額は四億円にすぎません。そこから研究員の給与や原材料費、もろもろの経費を差し引けば、それほどの買い物ができる、収入にはなりません」

北条早苗刑事が、疑問を口にした。

「私もそう思う。何か別の収入源があるような気がしている。引き続き、そのあたりを調べる必要があるだろう」

「金にまつわる話のほかに、永田教授の人柄などの評判は、どうなんだ？」

三上本部長が聞く。

「自己顕示欲が強く、猜疑心も強い。おおむね、そういった評判でした。他の研究者たちとの諍いも、いくつかあったようです」

「まるっきりの悪評じゃないか。ほかに、研究所の所員で、これといって気にかかる人物はいたかね？」

「今のところ、そういった人物は、浮かんでいません」

「青田まき事件の日の、永田教授のアリバイは？」

「アメリカ出張中で、事件の三日後に、帰国しています。サンフランシスコからの直行便で帰国したことを確認しています」

「アリバイがあるのか？　ということは、怪しい人物は、NAGATA研究所では見つからなかったんだな？　君は、青田まきと池戸彩乃の接点は、NAGATA研究所しかないと言った。しかし、何も出てこない。どうするつもりだ？」

三上本部長が、十津川に厳しい目を向けた。

「たしかに、これといった確証は、今のところ出てきていません。しかし、疑惑は深まるばかりです。永田教授がアメリカ出張に出かけた翌日、それを待っていたかのように、池戸彩乃が失踪。その一週間後、彩乃の同僚の青田まきが轢き逃げで死亡。さらに三日後、世界AI研究所のノース所長の、突然の辞任発表。その翌日、私の来訪を知った香川新所長が、わざわざ、永田教授との提携解消を連絡してきた……。こうして並べると、永田教授にまつわる出来事ばかりです。池戸彩乃の失踪が引き金となって、事態が急展開し始めています。ですからやはり、問題の核心は、NAGATA研究所にあると思わざるをえません」

三上本部長は、しばらく腕組みをして考えていたが、

「わかった。君がそこまで言うなら、永田教授の身辺を、もう少し当たってみよう。

特に、豪邸を構えるだけの資金を、どこから手に入れたかだな」

三上本部長の指示によって、その夜の捜査会議は終わった。

2

橋本は、途方に暮れていた。

前夜の捜査会議で、池戸彩乃は知床に行ったと見せかけて、じつはＪＲ釧網本線の周辺に潜んでいるのではないかと話した。

その考えは、今も変わらなかった。

今朝からまた単独行に戻った。

警察には警察の、捜査方針がある。捜査手法も、私立探偵の自分とは違う。

橋本は池戸彩乃を探し出して、無事、親元に帰すのが仕事である。一方、警察は、池戸彩乃の失踪の原因を究明し、青田まき殺害犯を逮捕するために、動いているのである。

お互いに協力は約束したが、目的も機動力も違う。

二人の刑事は、知床半島に向かった。会議では、知床行きは見せかけだという、橋本の考えに理解を示してくれた。しかし、警察には、万一の手抜きがあってはならない。池戸彩乃が、知床には「いない」ことを確認するのも、刑事の職務であった。

亀井ともう一人の刑事は、女満別周辺を担当し、警視庁との連絡役も兼ねていた。

橋本は、探索の範囲は、釧網本線の、網走から摩周までと決めていた。はずれれば、それはそれで仕方ない。その範囲内で、池戸彩乃が足跡を残しそうな場所を、探すしかないと思っていた。

早朝、網走でレンタカーを借りた。

池戸彩乃が行きそうな場所を、ガイドブックで調べてみた。

下北半島では、恐山と佐井の港だった。佐井の港は仏ヶ浦と結ばれている。北海道では、石川啄木函館記念館に立ち寄り、知床半島の付け根に位置する女満別まで、飛行機を利用している。

ガイドブックによれば、JR網走駅から、網走バスの観光施設めぐりバスが出ていた。

博物館・網走監獄、オホーツク流氷館、北海道立北方民族博物館などが、効率よく回れる、と書いてある。

バスの運行ルートに沿って、一つ一つ、観光施設をチェックすることにした。

九時の開館と同時に、モヨロ貝塚館に入る。展示物をゆっくり鑑賞する余裕はない。彩乃の足跡を探すだけである。

次の博物館・網走監獄の敷地は広かった。獄舎だけでなく、農場や味噌・醤油蔵、漬物庫までが残されている。メインと思われる監獄歴史館とミュージアムショップに絞って、入館した。

オホーツク流氷館は、展望台だけを目指した。

橋本が、もっとも期待をかけたのは、北海道立北方民族博物館だった。

青田まきは、彩乃は「端っこ」が好きだったと言った。地勢的にも、文化的にも、「端っこ」のものに興味を持っていたという。

北方民族博物館は、アイヌ民族はもとより、アラスカ、シベリア、北欧に住む諸民族の民俗を、一堂に展示した施設だった。

橋本には、確信に近いものがあった。池戸彩乃の、これまでの行動からすれば、ここ以外にはありえない。

だが、期待はむなしく空振りに終わった。館内を二度、廻ってみたが、彩乃はメッセージを残していなかった。

諦めきれない思いをかかえて、網走を離れるしかなかった。

夕刻になって、弟子屈町までやって来た。西に屈斜路湖、東に摩周湖が位置している。

橋本は、摩周湖方面は、最初から除外した。地図で見るかぎり、閑散とした場所である。潜伏するには適さない。

弟子屈には、いくつもの温泉街があった。同じように、屈斜路湖の周りにも、温泉街があった。そのどちらかに、池戸彩乃が、身を隠している可能性が高かった。

空腹を覚えて、食事をとることにした。

大きな駐車場のある、ファミレス風の食堂に入った。

ハンバーグ・ライスを注文する。

料理が届くまで、JRの駅で手に入れた、温泉案内のパンフレットに目を通した。スマホで検索するよりも、一目で全体が見渡せて、わかりやすい。

弟子屈には二十数軒のホテル、旅館、ペンションがある、と書いてある。弟子屈近辺だけで、それだけの数だ。

一方の屈斜路湖は、あちこちに温泉街が散らばっている。いったい何軒の宿泊施設があるのか。しかし、明朝から、一軒一軒、当たるしかなかった。

人ひとりの足取りを追う仕事とは、そんなものである。刑事時代に、みっちりたたき込まれた。「足取りは、足で追え」と言われたものだ。

この食堂は、冷凍したハンバーグを、ただ温めるだけではないらしい。料理が出てくるまでに、二十分ほどかかった。野菜スープも添えられていた。

まとも、と言うのもおかしいが、手作りを感じさせるハンバーグだった。スープも、野菜独特の甘みがあって、うまい。あとでコーヒーも出てくるという。

半分ほど食べたとき、入り口のガラス扉が開き、四十年配の女性が入ってきた。

一瞬、橋本と視線が合った。

女性は、三卓ほど隔てたテーブルに、背を向けて座った。

橋本には、記憶があった。今朝、網走の北方民族博物館で見かけた女性だった。グレーの無地の、地味な装いだったが、かえって女性を引き立てていた。そのことに本人は気づいているのだろうかと、橋本は心の中で苦笑した。

偶然ではあるまい。一日に二回出会っても、偶然ということはある。しかし、一日のうちに、網走と、そこから遠く離れた弟子屈で会うのは、偶然とは思えない。

彼女もまた、彩乃を追っているのだろうか？　それとも、橋本を尾行してきたのか？　だが、何のために？

橋本は女性に、自分と同じ職業の匂いを嗅ぎ取った。

3

十津川たちは、永田教授の身辺を調査したが、確証となるものは、浮かんでこなかった。

現に、豪邸は建てている。しかし、資金の出所がつかめない。

豪邸の土地売買を仲介した不動産会社に確かめたが、登記移転に際して、永田教授は即金で支払い、銀行関係者が立ち会うことはなかったという。銀行からの融資を受けずに、現金で決済したのなら、それだけの現金を保管していたのだ。

身辺調査だけでは、らちが明かないので、十津川は、永田教授に面会を申し込んだ。

研究所からの返事は、出張中、とのことであった。それが二回続いた。

十津川は、永田教授の留守を承知で、NAGATA研究所に乗り込んだ。

応対した男性は、副所長を務める山之内(やまのうち)と名乗った。四十代後半の、白衣を着けた、いかにも研究者の雰囲気をまとった人物だった。

「何度か、連絡をいただいたようですが、所長は出張中でして……」

山之内が、おずおずと切り出した。

「お帰りの予定は？」

「さあ、いつになるか、わかりかねます」

「所長の予定が、わからない？」

「いつものことです」

とぼけている感じではなかった。本当に、永田教授のスケジュールが、わからないらしい。

十津川は、少し焦れた。

「研究所に顔を出される予定が、わからなければ、会議などは、どうなさっているのですか？」

「所長のほうから、時間を指定してきて、その時刻にテレビ電話が入ります」

「テレビ電話の会議だけで、研究所を運営できるのですか？」

十津川の口調が、強くなる。

「これまでずっと、そうしてきました」

暖簾に腕押しの、やりとりである。

「永田所長は、携帯電話をお持ちですね？　番号を教えてください」

山之内は、ちょっと困った表情をした。

「何か、ご都合の悪いことでも？」

十津川が、問い詰める。

「いえ、そういうことでは……。ただ、番号をお伝えしても、たぶん通じませんよ」

「なぜです？　電源を切っておられるとか？」

「ふだんは電源を切っています。それに、登録されていない番号からの通話は、拒否するようセットされています」

「電源が入ってないと、研究所に緊急事態があった場合、対処のしようがないじゃありませんか」

「うちのような研究所では、そういった事態は起こりませんから」

どこまで行っても、平行線だった。

「今度、永田所長から連絡があれば、私が一度、お会いしたいと言っていたと、伝えてください」

十津川は質問を変えた。

「永田所長は最近、立派な家を建てられましたが、ご存じでしたか？」

「知っています。新築披露パーティに、招かれました」

「どう思われました？　相当な買い物ですが」

「高かったでしょうね。広さが広さですから」

「所長のご実家は、資産家なのですか？」

「いえ、そのようなことは、聞いていません。所長のお父さんは、中堅企業のサラリーマンでした」

「あの家の建設資金は、どうされたのでしょう？」

「私には、わかりません」

「ロボットの売上げですか？」

「ロボットの売上げは、研究所の収益ですから、所長個人がどうこうすることはできません」

「最近、世界ＡＩ研究所との提携を解消されましたね？」

「通告を受けて、最初はびっくりしました」

「永田所長は、提携解消について、何か言っておられましたか？」

「特には何も。お互いの特許使用権の契約は、これまでどおりですから、提携解消によって、今すぐに影響が出るとは思えません」

　十津川には、不可解だった。

世界AI研究所の香川新所長は、永田教授の背任行為で、多大な損害をこうむったので、絶縁したと言った。にもかかわらず、損害賠償の告訴はしないらしい。その一方で、互いの特許使用契約は、継続するという。

「永田所長は、何か趣味をお持ちですか？」

「自身で舵は取りませんが、クルーザーでの海遊びや、旅行などです。年中、仕事で飛び回っていますから、仕事を離れた旅行を楽しんでいます。ほかに、ゴルフは体操代わり程度。のめり込むタイプではありません」

「旅行は国内？　それとも国外？」

「趣味の旅行は、国内がほとんどです。長時間、飛行機のイスに縛られるのは、仕事だけで十分だと言ってました」

「どちらの方面への、旅行が多いのですか？」

「リゾートです。沖縄や北海道にも行きますが、ひなびた温泉地も好きなようです」

北海道という地名が出たので、十津川は重ねて聞いた。

「たとえば、北海道では、どちらへ？」

「洞爺湖です」

「洞爺湖と、決まっているのですか？」

「リゾートマンションのオーナーズクラブに、入ってるんですよ」

「それは、どのような？」

「クリスタル・クラブという会社が、リゾートマンションの三室くらいを保有して、一室当たり三人に使用権を売っています。リゾートですから、年中利用するわけでもなく、三人までなら、宿泊日が重なることも少ないでしょう？　もし重なっても、他の二室が空いていれば、臨時に使わせてもらえますから」

「使用権の価格は？」

「三人で割るので、格安です。ほかは、年間の維持費と、使用したときの整備費を払えばいいシステムです」

「永田所長は、洞爺湖のリゾートマンションを、購入されているのですね？」

「ほかにも、沖縄、新潟のスキー場、軽井沢などにも持っています」

洞爺湖は北海道の南西部にあり、札幌よりまだ南である。彩乃が潜んでいると思われる知床近辺とは、真反対の方角だった。

「いつもお一人で？」

「たまには所員を連れて行くこともあります」

「亡くなった青田さんなども？」

「ええ。仕事の話はしないという決まりで、若い連中も、ときどきおじゃましていま
す」
十津川は、捜査本部に戻ると、亀井刑事に連絡を取った。亀井は、まだ女満別にい
た。
「杳(よう)として、池戸彩乃の行方が知れません」
「知床に現れた気配は、ないんだな？」
「ありません。橋本君も、網走で足跡は、見つけられなかったそうです。明日は、屈
斜路湖と弟子屈周辺の温泉地を、探す予定だと言ってました」
「池戸彩乃に、何かあったのかな？　急に足取りが取れなくなった」
「橋本君も、同じことを言ってました。彩乃は、これまでのやり方を、変えたんじゃ
ないかと」
「追跡者に捕まった、おそれはないのか？」
「わかりません。追跡者といえば、橋本君が、それらしい人物と、出くわしたらしい
です。四十代の女性です」
「女性なのか？」
「午前中に、網走の博物館で見かけ、夕方遅くなって、今度は弟子屈の食堂で、出会

ったとか。自分と同業じゃないかと、言ってます」

女性なら、彩乃に危害を加えることはないのではないか？　だが、何のために、二度も橋本の前に、姿を現したのか？

十津川が疑問を口にすると、

「橋本君にも、思い当たることはないそうです。もう少し相手の正体を見定めたい、次に現れたら、問い質すつもりだと、言ってました」

「刑事を一人、橋本君に合流させてくれ。女性の正体を突き止めたい。カメさん一人で構わないだろう？」

「私はいっこうに構いませんよ。女満別周辺の、これと思われるところは、調べ終わっていますから」

亀井刑事の言葉を聞いて、十津川は決断した。

「知床は、橋本君と三人の刑事に任せよう。カメさんは、洞爺湖に向かってくれ」

十津川は、NAGATA研究所の山之内副所長から聞いた話を伝えた。

「池戸彩乃だけじゃなく、永田教授の行き先までわからない状況だ。本当に、多忙で飛び回っているのか、それとも、われわれを避けているのか。ともかく、万一にでも、洞爺湖で永田教授を押さえられれば、もうけものだ」

「わかりました。明日、洞爺湖に向かいます」

「北海道警の矢田警部補には、私から連絡しておく」

十津川は、洞爺湖のリゾートマンションの所在地を伝え、電話を切った。

4

同時刻、橋本は弟子屈のホテルにいた。

シャワーを浴びて一息つき、コンビニで買ったポケットウイスキーの栓を開けたとき、部屋の電話が鳴った。

フロント係が、橋本宛てに、外線が入ったと告げた。

(誰だろう?)

不審に思った。このホテルに泊まることは、誰にも伝えていない。十津川か亀井なら、携帯にかけてくるはずである。

外線に切り替わった。

「夜遅くに、ごめんなさい。橋本さんに、ぜひ、お知らせしたいことがありまして」

女の声だった。即座に、今日二度会った女性を、思い浮かべた。

食事のあと、尾行されたのか？

「その前に、名前をうかがっても、いいでしょうか？」

「そうねえ、吉田(よしだ)、とでも呼んでください。吉田ゆき」

偽名らしい。

「夕食のとき、私に気づかれたでしょう？」

女が言った。

「ご用件は？」

「池戸彩乃さんは、この近辺にはいませんよ。予定が変わったんです」

迂闊な返答はできなかった。敵か、味方か、それとも橋本がまだ知らない、第三の立場の人間か。橋本の探索を、弟子屈からそらすために、かけてきたのかも知れない。

「彩乃さんは、洞爺湖に向かいました」

「貴女(あなた)はどうして、それをご存じなのですか？」

「企業秘密。でも、嘘(うそ)じゃありません」

「なぜ、私に、それを？」

「橋本さんは、下北半島からずっと、探してこられたんじゃありませんか。ですから、彩乃さんのところへ、導いてあげようと思って」

これまでの行動は、お見通しらしい。

「私を彼女のところに導いて、どうしようと言うのです？」

「橋本さんは、橋本さんのお仕事をなされればいい。クライアントの依頼を果たされればいいのです。それだけです。他意はありません」

「彩乃さんが、洞爺湖に向かった目的は、何です？」

「ご自身で、突き止めてください。私が言えるのは、そこまでです。もう一つ。彼女を追っている人物がいます。中年の男性で、中肉中背、尾行にはうってつけの、まるっきりの特徴なし。頭が少し薄くなってるので、帽子で隠したり、たまにはカツラなども。その男性は、まだ橋本さんには、気づいてないようです」

「危険な人物ですか？」

「そうは見えませんでした。あとは橋本さんが、確かめてください。ターゲットは洞爺湖ですよ」

それだけ言って、女は電話を切った。

時計を見ると、午後八時を少し回っていた。

考えがまとまらないまま、橋本は十津川に連絡を取った。十津川は、まだ在庁していた。

洞爺湖の名を出すと、すぐに十津川が反応した。

「永田教授がメンバーになっているリゾートマンションが、洞爺湖にある。よく使っているらしい。青田まきと池戸彩乃も、何度か、行っている。カメさんに、明日、そちらに向かうよう、伝えたばかりだ」

「知床周辺の捜索は、中止ですか？」

「いや、カメさん以外の三人は、知床で捜索を続ける。君はどうする？」

「迷っています。あの女の話を信じていいのかどうか」

「君と同業だというなら、クライアントがいるはずだ。雇い主は誰なんだろう？　それと、もう一人の人物も」

「ご同業が、私以外に二人いるということは、クライアントも、二人いるんでしょうか？」

「少なくとも一人は、池戸彩乃の失踪をもたらした人物だ。だが、もう一人がわからない。君も洞爺湖に向かったらどうだ。知床周辺を探すといったって、君一人じゃ、いつまでかかるかわからないよ。そちらは、うちの連中に任せればいいじゃないか」

十津川が、橋本の背中を押すように言った。

「洞爺湖に行って、構いませんか？」

「カメさんと連絡を取ってくれ。こうなったら、明日、私も洞爺湖に向かうよ」

橋本は、再び警察と行動をともにするのに、気兼ねがあったが、成り行きに任せるしかないと、割り切った。

5

亀井刑事と橋本は、女満別空港で落ち合い、八時五〇分発の日本航空便を利用して、九時三五分、新千歳空港に到着した。同じ時刻に、十津川も、羽田からの全日空便で、到着していた。

空港でそろった三人は、橋本が借りたレンタカーで、道央自動車道を、洞爺湖に向かった。

そのリゾートマンションは、丘の上に建てられた、というよりも、一つの丘の裾野から頂上までの、その地形のすべてを利用した、低層のマンション群だった。

眼下には、広大なゴルフ場が広がっている。グリーンの緑が、際だっていた。長い冬を越して、芝が萌え立つ季節を迎えていた。フェアウェイにはちらほら、ゴルファーの姿も見える。泊まりがけの客たちなのであろう。

マンションのエントランスホールに入り、亀井刑事が、受付カウンターに向かった。

マンションだから、ホテルのフロントとは違う。ただ、リゾートという性格上、空き室の管理も業務なのだろう、ビジネスホテル並みの受付だった。

亀井はフロント係に、警察手帳を提示して、聞いた。

「クリスタル・クラブのメンバーの、永田秀樹さんは、宿泊していますか？」

「少しお待ちください」

やや緊張した面持ちのフロント係は、パソコンをチェックして、

「いいえ、お泊まりには、なっていません」

「泊まっていない？　最近、利用したことは？」

「今年の一月末に、三日ほど滞在されました」

二カ月以上も前である。

「それ以降は、見えたことはないのですか？」

「はい、記録には、ございません」

「宿泊予定の連絡も、入っていませんか？」

「入っておりません」

永田教授から連絡があったら、知らせてくれるよう頼んで、カウンターを離れた。

亀井は、二人のところに戻ると、フロント係の話を伝えた。

「空振りだったか。橋本君の話とも合わせて、もしかしたらと、期待したんだが」

十津川は、がっかりした。

「あの女の電話は、何だったんでしょう？　こちらの動きをミスリードするための、嘘だったのでしょうか？」

橋本が言う。

「結論を出すのは、まだ早いよ。女は、洞爺湖、と言っただけだろう？　このマンションを名指ししたわけじゃない。それにわれわれも、永田教授が来ている確信なんて、もともとなかったんだから」

「とはいえ永田教授は、どこか、うさん臭さがつきまとう人物ですよ」

亀井が、みんなの思いを代弁するように言った。

「カメさん、先入観は禁物だよ。われわれが永田教授を探しているのは、青田まき事件の関係者で、いまだに話が聞けていないのが、彼だけだ、というにすぎないんだから」

十津川が苦笑いした。亀井の言うことに、共鳴する思いがあったからである。

昼食をとることにして、近くの和食レストランに入った。午後一時を過ぎていた。

三人とも、おこわ御膳を注文した。

ワッパおこわの上に、ホタテがのっていた。香の物や味噌汁も付いている。東京での値段より、二割ほど割安に思えた。

「この辺りには、十数軒の宿泊施設があるようです。これから、一軒一軒当たってみますか？」

橋本が十津川に、これからの行動について、聞いてきた。

「ここまで来たからには、手ぶらで帰るのも、くやしいじゃないですか」

亀井も同調する。

「これまでに、橋本君が調べてくれたことや、女からの電話を結びつけていくと、私は、池戸彩乃が、洞爺湖のどこかに潜伏してると思う。ただ、彼女が洞爺湖を選んだ理由だ。それに、ここで何をしようとしているのか」

「ここを選んだのは、土地鑑があったからでしょう？」

「それだけかな？　仮に、彩乃が、ある人物を誘い出すために、洞爺湖を選んだのなら、ここなら相手は応じるはずだという、確信があったことになる。その確信は、どこから来ている？」

「相手にも、土地鑑がある、ということですかね？」

「彩乃が、洞爺湖を選んだのでしょうか？　逆に、彼女をおびき出して、危害を加えるために、誰かがここを指定したとは、考えられませんか？」

「それは無理だろう。その誰かは、池戸彩乃と、どうやって連絡を取るんだ？」

「メールですよ。彼女の携帯番号くらい、知っているでしょう。そこ宛てに、洞爺湖に向かうと、メールを発信すればいいんです。彩乃だって、ときどき電源を入れて、様子を探っていますよ」

「それなら、おびき出す側には、洞爺湖を持ち出せば、彩乃は必ずやって来るという読みが、あったことになる。それは何だ？」

「身の安全の保障ですか？　土地鑑があるのだから、いざというときの、行動の選択肢は、いくらでも準備できるだろう。だから安心して、話し合えるじゃないか、と誘っているのかも知れません」

亀井が言った。

「彩乃が指定したのか、それとも指定されたのか、今のところ、わからない。けれど共通しているのは、彩乃が対決しようとしている人物は、彩乃に土地鑑があることを知っている、ということだ」

「警部、どちらにせよ、洞爺湖と結びつく人物は、永田教授ですよ。彼しかいません」

亀井が言いつのった。

遅めの昼食を終えた三人は、手分けして、近辺の宿泊施設を回ることにした。一人で五、六軒も回れば、調べはつく。

互いに携帯で、連絡を取りながら、二時間ほどで、すべての宿泊施設を回り終わった。

池戸彩乃も、永田教授も、見つからなかった。永田教授以外の、気になる人物もいなかった。

「橋本君、もう一度、吉田ゆきとのやり取りを、正確に話してくれないか」

十津川の求めに応じて、橋本は、吉田ゆきの言葉を、話し方も真似ながら、なぞっていった。

聞き終えた十津川は、

「彼女は、クライアントの名前は出さなかったが、本当のことを言っている感じがする。と言うより、彼女自身は、事実を君に伝えたと、思っていたはずだ」

「私もそう感じました」

亀井が言った。

「吉田ゆきは、どうして、池戸彩乃が洞爺湖に向かったと、言えたのだろう？　その根拠はなんだ？　彼女は昨日は、ずっと橋本君のあとを追っていたはずだ。網走から弟子屈まで、橋本君に張り付いていたにもかかわらず、池戸彩乃の、次の行き先を掴んでいた」

「警部は、吉田ゆきが、池戸彩乃と連絡を取ったと、考えておられるのですか？」

　亀井が聞いた。

「それはないと思う。もし二人が連絡を取っていたなら、吉田ゆきは、彩乃のメッセンジャー役だ。つまり、クライアントは、彩乃ということになる。わざわざそこまで、事を複雑にするかね？　これまで彩乃は、一人で動き、自身でメッセージを発信してきた。今さら誰かを雇って、橋本君にあとを追わせようとするとは、思えない」

「吉田ゆきは、池戸彩乃と連絡は取っていない。昨日の吉田ゆきは、朝から晩まで、私を見張っていた。となると、吉田ゆきは、誰かから、池戸彩乃が向かった先を、教えられたと、考えられます。その人物は、どうやって彩乃の行き先を、知ったのでしょうか？」

「話が錯綜（さくそう）してきたが、一つ、考えられるのは、彩乃と親しい人物がいるとする。彩乃とその人物はずっと、連絡を取り合っている。その人物が吉田ゆきを雇って、橋本君のあとを追わせた。橋本君の手助けをするためにだ」

「私を手助けして、どうしようというのでしょう？」

「君に、彩乃を守ってほしいと、思っているんだ」

「警部は、その人物を、誰だと思われますか？」

「わからないが、推測はできる。池戸彩乃と、同じ思いを抱いている人物だ」

「同じ思い、ですか？」

「池戸彩乃は、ある人物を、激怒させる情報を手に入れ、身の危険を感じて、失踪した。その事実を知っている、もう一人の人物がいるんだ」

「その人物は、なぜ彩乃と一緒に、逃亡しないのですか？」

「真相を知っていることを隠してれば、狙われることはないだろう？　まったくなにも知らない振りをしているんだと思う」

「警部はずっと、事件の核心は、ＮＡＧＡＴＡ研究所にあると言ってこられました。池戸彩乃と連絡を取り合ってるのは、研究所の人間ですか？」

亀井が聞いた。

「推測の域を出ないが、私はそう思っている」

6

夕方、ホテルのレストランで食事をする気になれず、十津川たち三人は外に出て、居酒屋を探した。

といっても、警察官の給料で、高い店には入れない。橋本にしても同じだ。

小さな商店の並ぶ通りから、少し奥まったところに、色あせた赤提灯の居酒屋があった。

「カメさん、昭和のレトロな雰囲気だよ。好きなんだろ？」

十津川が笑って、亀井を誘う。

カウンター六席の、小人数の居酒屋だった。

三人で乾杯した。

「明日もう一度、回ってみるか。彩乃が洞爺湖に向かったとしても、昨日の今日だ。明日あたり、用心しながら来るかもしれない」

十津川が、二人に言った。

「カメさんは、橋本君が回ったところに行ってくれ。橋本君は、私が回ったところだ」

違った人間が行けば、新たな発見があるかもしれない。

それ以上、捜査について、話すこともなかった。

四十分ほど、世間話をしながら、酒を飲んだ。亀井と橋本のピッチが速い。

焼酎のボトルが、三分の一ほどになったとき、十津川の携帯が、着信音をたてた。

北海道警の矢田警部補からだった。

十津川は席を立って、店の外に出た。

「お知らせするのが遅くなって、申し訳ありません」

そう断って、矢田警部補が続けた。

「本日、午前九時ごろに、若い女性の声で、道警に通報がありました。『洞爺湖で事件が起こるかもしれません』と言ったらしいです。電話を受けたのが、生活安全部の署員で、いたずら電話だと思ったんですよ。夕方になって、その話を小耳にはさみ、詳しく聞いたのですが、女は、それだけ言って、すぐに電話を切ったそうです。十津川警部から、洞爺湖に向かわれると聞いていましたので、何か関連があるかと思いまして」

「若い女性の声ですか？」

「二十代か、せいぜい三十前半ではないかと言っています」

十津川は礼を言い、明日も近辺を回ってみると告げて、電話を切った。

店内に戻って、十津川は、矢田警部補の話を伝えた。

「若い女性って、池戸彩乃でしょうか？」

橋本が聞く。

「彼女以外に、いないんじゃないですか？　事件が起こる、とまで言ってるんですから」

亀井も、彩乃だと言う。

「たぶん彩乃だろう。吉田ゆきではなさそうだ。吉田ゆきなら、直接、橋本君に言ってくるはずだ」

「彩乃は道警に通報することで、相手を牽制（けんせい）したのですかね？」

「私が気になるのは、その女性が、『事件』と言ったことだ。池戸彩乃自身は、『事件』を起こす立場にはない。『事件』は相手が起こすのだよ。彼女が相手に『事件』を起こさせる、つまり、囮になる、という意味だ。危険だな」

「今晩は、何も起こらないことを祈るばかりですね」

亀井が当惑げに言った。

第五章　盛岡駅で

1

翌日も早朝から、十津川たち三人は、洞爺湖周辺の宿泊施設を回った。池戸彩乃か、もう一人の人物が、昨晩遅くやって来て、泊まった可能性も考えられる。朝早くに出立されてしまえば、せっかくのチャンスを逃がしてしまう。

午前七時過ぎまでには、それぞれに割り振ったホテル、旅館、ペンションに顔を出し、聞き込みを終えていた。

午前八時に、三人ともホテルに戻ってきたが、成果はなかった。

「今日一日、こちらで頑張ってみよう。昼と夕方の二度、回ってみる。それでも何ごともなければ、東京に帰るしかない」

ホテルのラウンジで、十津川が告げた。

「知床と女満別を当たっている部下たちも、収穫はないと言ってきている。われわれの見込み違いだったかもしれない」

刑事の職務は、無駄足の連続である。わかってはいても、疲労感はつのる。

「橋本君は、こちらに残るんだろう？　池戸彩乃を探すしかないんだから」

「どこをどう探せばいいのか、見当がつきません。下北から女満別までは、手応えを感じていましたが、それ以降は、さっぱりです。ぷっつりと手がかりが、消えてしまいました」

「吉田ゆきはどうなった？　あれから連絡がないようだが」

「何もありません」

「五里霧中といったところだな。われわれも、東京に戻って、永田教授を待つしかないな」

十津川も、半ば、あきらめ口調になっていた。

「東京のほうの捜査は、進んでいるんですか？　青田まきの事件ですが、そちらから攻める手は、ありませんか？」

橋本が聞く。

「目撃情報がまったくない。彼女が訪れたと思われる場所も、特定できていない」

「現場は調布でしたね？　調布から、まっすぐ北に向かうと、東久留米です。距離もさほど遠くありません」

「永田教授のことを言ってるのか？　そう考えたい気持ちもわかるがね」

「永田教授が、誰かを雇って、事故を装ったとは考えられませんか？」

「そんな危険は冒さないだろう。将来に禍根を残すことになる」

「永田教授は、事件の三日後に、サンフランシスコからの直行便で帰国したとか」

「それ以前に、隠密裡に帰国した可能性も、視野には入れている。偽造パスポートを使えば、足もつかない」

「パスポートには、特殊なチップが埋め込まれていますよ？」

「彼は、人工知能研究の第一人者なんだ、パスポートの偽造なんて、朝飯前だ。国籍を、台湾や中国、韓国にでもすれば、追跡は困難だ」

「永田教授がパスポートを偽造したとするなら、造幣局で偽札を印刷するようなものです。偽物だけど、本物です」

「カメさんは、面白いことを言うね。まさにそのとおりだ。永田教授のアメリカでのアリバイは、簡単には解明できない。言い逃れのしようは、いくらでもある。アメリカは広いもの」

「今のところ、令状の請求は無理でしょう。けれど、そのうちきっと、ボロが出て来ますよ」

「アメリカでのアリバイを崩すのは難しい。しかし反面、アリバイは無いに等しい、とも言える。永田教授を、徹底的に洗ってみる価値はあるよ」

その日の昼過ぎと夕方の二度、十津川たちは、宿泊施設を回った。

日に何度も、それも違う人間が、同じ質問を繰り返すのだから、相手は一様に、呆れた顔をした。中には、

「もしこの方が見えましたら、必ずお知らせしますから」

と、刑事の来訪を、それとなく敬遠するフロント係もいた。

向こうも客商売である。眼つきの鋭い刑事に、何度も顔を出されては、客に不審感を持たれてしまう。迷惑なのだ。

夕方の聞き込みを終えて、三人は、ホテルのラウンジに集まっていた。

「今夜は、どうする？　また外に出るか？」

十津川は、夕食を外で取るつもりで、二人に聞いた。

三人は、いったん各自の部屋に戻り、四十分後に、ロビーで落ち合って、昨夜の居

酒屋を目指した。

ビールで乾杯し、焼酎のボトルをとった。

「明日は、女満別に行ってみます」

橋本が、女将（おかみ）を気にしながら、小声で言う。それだけでも、十津川や亀井には、意味が通じた。

「今度は、JRにしてみてはどうだ？　矢田さんからは、知らせがないから」

十津川も、慎重に答える。道警の矢田警部補からは、池戸彩乃が飛行機を利用すれば、連絡が入ることになっている。それがないのである。

ただし彩乃が、偽名で搭乗していれば、捜査の網には、引っかからない。十津川は、JRのめぼしい駅で、彩乃の痕跡を探してはどうかと、橋本に助言したのである。

「そうですね。飛行機もいいですけど、JRも、捨てたものじゃないですから」

橋本は、空港とJRで、目撃者を探そうと思った。

店の隅のテレビでは、午後七時の、全国ニュースが始まった。東アジア地域の緊迫した国際情勢や、混迷する国会審議の模様が、報道されていた。

やがて画面が切り替わり、女性キャスターの声が流れてきた。

〈すでにお伝えしたように、ジャパンAIロボット協会は、今年度の協会賞を、永田秀樹工科大学院教授と、同教授が主宰するNAGATA研究所に授与することを発表しました。その授賞式およびパーティが、明日、東京都内のNホテルで開催されます〉

亀井が、あわてて席を立った。

「ちょっと、これ、聞かせてね」

女将に断って、音量を上げる。

〈永田教授は、人型の人工知能ロボットの研究・開発では、第一人者と言われ、世界的権威であるノース博士が主宰する、世界AI研究所とも、長年にわたって、提携関係にあります〉

提携解消は、公表されているはずだが、特許の使用権が継続されていることから、この言い方になったのかもしれない。

続いて、永田教授の記者会見の模様が、映し出された。画面の右上に、昨日の日付が打たれている。録画だった。

〈私と、NAGATA研究所が、これまで積み上げてきたものに対して、ジャパンAIロボット協会が評価をしてくださり、今回の受賞者と決まったことは、望外の喜びであります。社会情勢を見れば、将来は、AIを制したものが世界を制する、そう考えられるので、私は日本のため、世界のために、今後もAIと、それを搭載したロボットの研究を、続けていきたいと思っております〉

そこでニュースは、他の話題に変わった。

亀井が、音量を下げて、席に戻った。

十津川が、

「これだったんだ」

と、うなずき、三人が顔を見合わせた。

「五里霧中の霧が、晴れましたね」

亀井が言った。

「われわれが、間違えたわけじゃなかった。彼には、来たくても来れない理由があったんだ」

「来るつもりが、思わぬ事態によって、中止に追い込まれたんですね？」

橋本も納得顔だ。

「途中までは、来ていたかもしれないがね。永田教授には、痛し痒し（かゆ）の突発事だった。記者会見に応じないわけにはいかない。といって、北海道の案件を、ほうっておくわけにもいかない。板挟みに苦慮したが、結局は、引き返すしかなかった」

「吉田さんは、嘘を言ったわけじゃなかったんですね」

「あの時点では、的確な指摘だった。しかし、状況の急変に、ついて行けなかったんだろう。彼女も、彼女を雇ってる人物も、降って湧いたようなニュースで、先が読めなくなったんだ」

「驚きましたね。人工知能ロボット研究の第一人者だとは、何度も耳にしてきましたが、これほど華々しい、晴れの舞台に立つとはね」

「私も驚いたよ。しかし、今まで永田教授がやってきたことを、表面上だけ取り上げれば、優れたロボットを、作り上げているし、ＡＩについての研究も、やっている。たしかに、永田教授や、ＮＡＧＡＴＡ研究所は、これからのＡＩの世紀を先取りした、優れた研究者、研究所といえないこともない。ジャパンＡＩロボット協会から、表彰されることになったとしても、不思議はないよ。カメさん、われわれも明日、授賞式とパーティに、お呼ばれするか？」

パーティ会場では、永田教授と面会できるかもしれない。

2

十津川たちがホテルに戻ったのは、午後九時少し前だった。

亀井は、警視庁の捜査本部に連絡をとり、ジャパンＡＩロボット協会主催の、授賞式の開催時刻を調べさせた。

返事はすぐにあった。

授賞式は、午後七時から約三十分。その後、隣の会場に移って、約二時間、パーティが催されるらしい。

「どんな連中が、授賞式に来るのか、興味津々ですよ」

亀井が言う。

「永田教授が、どんな顔をして、われわれを迎えるのかも、楽しみだね」

「会場には、池戸彩乃も現れますかね？　私はそちらのほうが、気にかかります」

期待半分、心配半分で、橋本が言う。

「池戸彩乃が、姿を現す可能性は高いよ。今回の受賞には、研究所の所員も、その対象になっているんだ。彼女も、壇上に並ぶのがスジだ」

「衆目の中ですから、身の安全も保障されています」

「授賞式には、橋本君も行くんだろう？」

「もちろん行きたいですが、会場に入れてもらえますかね」

「カメさんと私は、警察手帳で入る。さすがに、君を警察官として、紹介するわけにはいかないが、君が勝手に、われわれの後ろにくっついてくるのは、止めない」

十津川が、口元をゆるめる。

「有り難うございます。お言葉に甘えさせてもらいます」

橋本が、軽く頭を下げた。

「警部、明日は何時の飛行機にしますか？」

「女満別にいる刑事たちは、明日早朝、飛行機で東京に帰らせる。私とカメさんは、北海道新幹線の『はやぶさ二八号』に乗ればいいんじゃないか？」

「何時の出発ですか？」

橋本が聞く。

「新函館北斗駅を一三時三九分に出発する。それに乗れば、東京駅には、一八時〇四分に着くんだ。会場のNホテルは、東京駅からタクシーで五、六分ほどのところにあるから、午後七時からの授賞式には、ゆっくり間に合うはずだ」

「どうして飛行機を、使わないんですか？」

「一縷(いちる)の望みをかけているんだ。池戸彩乃が、まだ北海道のどこかに隠れているなら、授賞式に参加するために、東京へ戻るような気がする。もしそうなら、彼女は列車を選ぶだろう。飛行機より、自由が利くからね」

その日の深夜零時を過ぎたころ、枕元に置いた、橋本の携帯電話が鳴った。

寝入りばなを起こされて、頭がはっきりしない。

電話を耳に当てる。

「誰？」

「私です。吉田ゆきです。ご無沙汰(ぶさた)しています」

一瞬にして、目が覚めた。

「池戸彩乃は、洞爺湖には行かなかったようですね」

「突発事が発生したんです」

「永田教授の、受賞騒ぎですか？」

「そうなんですか？」

吉田ゆきの返事は、意外だった。

永田教授の協会賞受賞を、知らなかったのだろうか。それとも、橋本たちが知らない別の突発事が、池戸彩乃の身に起こったのだろうか。

「貴女の言う、突発事って、なんですか？」

「わかりません」

その答えも、意外だった。

「わからない？　でも、突発事が発生したとおっしゃった」

「…………」

吉田ゆきは、黙り込んでしまった。

「貴女に、突発事が起こったと知らせたのは、誰です？」

吉田ゆきが、突発事について、説明できないのは、誰かが、「突発事が起こった」としか、教えなかったからではないか？　その思いが、口をついて出た。

「…………」

重ねて問い詰めたが、吉田ゆきは無言を通した。

橋本は確信した。

「貴女に、池戸彩乃の動静を伝えた人物がいますね。彼女と親しい方だとは、想像できます。研究所の方ですか？」

さらに沈黙が続き、やがて吉田ゆきが、口を開いた。

「橋本さんには、ご理解いただけると思いますが、クライアントの名を明かすのは、職業倫理に反します。けれど特別に、一つだけお答えしましょう。私のクライアントは、研究所の所員ではありません。嘘ではありません」

橋本の予想外だった。吉田ゆきの雇い主は、研究所の仲間か、上司だと考えてきた。東京に戻れば、その人物を突き止めるつもりだった。突き止めて、池戸彩乃の失踪の原因を、問い質そうと決めていたのである。

だが、吉田ゆきは、研究所の所員ではないと、明言した。

頭の中が、混乱してきた。

「今夜、お電話したのは、池戸彩乃が、東京に向かったと、お知らせするためです」

最後にそう言って、吉田ゆきは、電話を切った。

3

翌朝、三人が顔を合わせたとき、橋本は昨夜の、吉田ゆきとのやり取りを話した。

「池戸彩乃が、連絡を取り合っているのは、研究所の外の人物だというのか？」

驚いたように、十津川が言う。

「吉田ゆきのクライアントが、研究所の外の人物としても、その人物こそ、池戸彩乃とつながっている、そう考えるしかありません」

「君が青田まきや、上司の菊池に会ったとき、彩乃が親しくしていた人物の名前は、出なかったんだな？」

「青田も菊池も、そんな人物については、まったく触れませんでした」

「しかしその人物は、探偵を雇ってまで、池戸彩乃の味方をしている。誰なんだ？」

「東京に帰ったら、そのあたりから調べ直してみます」

橋本が言うと、

「その前に、今夜にでも、池戸彩乃本人に、会えるかもしれないぞ」

亀井が言った。

朝食の後、三人は洞爺駅に向かった。

洞爺駅一〇時三二分発の「特急スーパー北斗六号」に乗れば、函館には、一二時二三分に着く。新函館北斗駅を一三時三九分に発車する「はやぶさ二八号」には、余裕をもって、乗り継げた。

新函館北斗駅の構内で、軽い昼食をとった三人は、それぞれ別の車両の切符を買って、一一番線ホームに上がっていった。

「はやぶさ二八号」は、すでに入線していた。

橋本は、九号車のグリーンを買った。普段なら、普通指定席に乗るのだが、三人で全車両に眼を配るため、誰かがグリーン車両に乗る必要があったからである。

「オレたちが、グリーンに乗れるわけないだろう？　そんな経費は出ない。おまえは、クライアントに事情を話して、経費として認めてもらえばいいじゃないか」

亀井の一言で、橋本はグリーン車の指定席を購入することになった。

各自が見回る車両を決めて、亀井刑事は一号車、十津川が五号車の指定席を買った。

「はやぶさ二八号」は、正確には「はやぶさ二八号」プラス「こまち二八号」である。始発駅の新函館北斗駅を出発するときは、十両編成である。全席指定席で、九号車がグリーン車、一〇号車が、グランクラスになっている。

橋本は、九号車に乗りこみながら、さりげなく、車内を見回した。

池戸彩乃らしき人物は、いなかった。

定刻どおりに「はやぶさ二八号」は、新函館北斗駅を出発した。

北海道新幹線については、あまりいい評判を聞かない。

理由は二つある。

青函トンネルを通り抜けるとき、時速一四〇キロの制限スピードを、守らなくてはならないし、新函館北斗駅から北は、まだ開通していない。この二つの理由で、評判は、いまいちなのである。

しかしそれでも、「はやぶさ二八号」の車内は、満席に近かった。北海道の函館からこの列車に乗れば、乗り換えなしで、青函トンネルを抜け、東京まで行けるようになったのである。

橋本は深夜の吉田ゆきの電話で、寝入りばなを起こされ、そのあとしばらくは、まんじりともしなかったので、眠気が襲ってきた。青函トンネルに入ったときには、軽く寝息をたてていた。

新青森・一四時三六分、七戸十和田(しちのへとわだ)・一四時五二分。ここで一度、目を覚まして、客席を見渡したが、変化はなかった。

盛岡・一五時四四分、仙台・一六時二九分。

車内が少しざわついた。降車する乗客と、新たに乗車してきた客が、入れ替わる。

注意して、乗客の様子をうかがったが、目的の人物は、見つからなかった。

一六時三〇分に、仙台駅を発車した。あと一時間半ほどで、東京である。

今晩、東京でなにかが起こるのであろうか。橋本の思いは、そこにあった。


十津川と亀井も、盛岡、仙台、福島の各駅を発車するたびに、車内を見回ったが、池戸彩乃の姿は、発見できなかった。

一八時〇四分、「はやぶさ二八号」は定刻どおり、東京駅二〇番線ホームに到着した。

ふたたび、三人が落ち合い、タクシー乗り場を目指そうとしたときだった。

二名の駅員が、あわただしくホームを駆けてきた。

二人はあちこちと、「はやぶさ二八号」からの降車客を見渡していたが、やがて、あきらめたように、互いに首を振っている。

「何かあったのですか？」

切迫したものを感じた亀井が、年配の駅員に話しかけた。

駅員は、何者か？ といった視線を投げてくる。

十津川が警察手帳を見せて、

「新函館北斗駅からこの列車で、今着いたばかりなのですが」

と説明した。

「たった今、盛岡駅から、不審死した男性がいると、連絡がありました。駅構内の休憩所で、発見されたそうです」

十津川と亀井は、顔を見合わせた。

「今の列車の乗客だったらしく、東京までの切符を持っていたそうです」

そのために、駅員はとりあえず、到着したばかりの列車に、関係者がいないかと、駆けつけてきたのだった。

「その男性は、どのような人物ですか？」

十津川が聞いたが、

「詳しくはわかりません。ただ駅構内で死者が出た、という知らせだけです」

年配の駅員は、そう答えた。

亀井は、盛岡署に事情を説明して、参考までにと、男性の死因や身元を聞き出した。

「運転免許証から、氏名は城戸明、年齢四十八歳とわかったそうです。同名の名刺も十枚ほど名刺入れにあり、それによると、職業は探偵らしいです」

亀井の言葉に、橋本が反応した。

「名前に記憶があります。大手ではありません。たしか、一人で営業していたはずです」

そして、吉田ゆきが言っていた、池戸彩乃の行方を追っていた男性と、年格好も似ている、と付け加えた。

「死因は何だと、言っている？」

「断定はしていませんでしたが、毒物中毒ではないか、とのことです。体調が急変して、盛岡駅で途中下車したのではないかと」

「誰かに、毒を盛られたのか？　池戸彩乃を追っていた人物が、なぜそんな目に遭わなきゃならない？　城戸は雇われ探偵にすぎないんだ」

十津川の疑問は、もっともだった。

「まさか、池戸彩乃が……」

亀井がそこまで言って、口をつぐんだ。

4

三人は、東京駅からタクシーに乗り込んだ。Nホテルまでは、五、六分の距離である。

車内には、重苦しい空気が流れていた。

先ほどの、城戸明の事件が、尾を引いていた。

城戸が誤って、毒物を口にしたのでなければ、誰かが毒殺したことになる。

城戸は、池戸彩乃の行方を追っていた。その城戸は、誰かに雇われていた。そう考えると、城戸と直接、関わってくるのは、彩乃と、城戸の雇い主の、二人ということになる。

この二人のどちらが、城戸への殺意を抱きやすいか？　理詰めでいけば、比重は彩乃のほうに、大きく傾くのである。三人の口が重くなるのは、当然だった。

三人を乗せたタクシーが、Nホテルの玄関に横付けになった。入り口には、大きな看板が立てかけてあった。

『二〇一七年度ジャパンAIロボット協会賞授賞式・パーティ会場

主催・ジャパンAIロボット協会

於・新館二階　菊の間』

と、書かれている。

三人はまっすぐ、新館二階に向かって、歩いていった。

二階に上がると、菊の間の前には、長い受付があり、たくさんの人が集まって、列を作っていた。

なんと言っても、AIロボット界最高の授賞式であり、今、何かと話題になっている人工知能、あるいは人型ロボットに関する授賞式なので、多くの人が集まっているのだろう。

研究機関の人間もいれば、家電業界や、オモチャ業界の人たちも来ていた。

十津川一人が、受付に警察手帳を出した。亀井は出さない。

亀井までが手帳を出すと、手帳を持たない橋本が、困ることになる。十津川が代表して、提示するという格好を取った。

受付はすんなり通った。捜査ではなく、来賓と思ったのかもしれない。警察が、人工知能ロボットに関係していても、おかしくない時代なのである。

会場内は、人であふれていた。業界の盛況がうかがわれた。四、五百人はいるだろうか、並べられたイス席はすでに満席で、左右の壁際に立つ人々も、隙間がないほどに、居並んでいた。

十津川たちは、その後方に立った。

「永田教授が、舞台の前の、真ん中の席にいますね」

亀井が、十津川に囁く。

時折り、周囲の人に、挨拶を繰り返している人物が、永田教授らしかった。胸に大輪の、白い花飾りを付けている。主賓の印だった。

午後七時になると、司会者が開会を告げ、授賞式が始まった。

はじめに、ジャパンＡＩロボット協会会長が挨拶に立った。

型どおりに、永田教授とＮＡＧＡＴＡ研究所の業績が紹介され、賞状と副賞が手渡された。

続いて、永田教授が演壇に立ち、受賞記念の講演を行った。

約二十分の講演だった。人工知能の最新の到達点を、詳細に解説していく。

永田教授の語り口はなめらかで、自信に満ちあふれていた。

会場からは、時折り、感嘆の吐息も聞かれた。

やがて講演が終わると、大きな拍手がわいた。

その拍手に送られるように、十五人ほどの研究所の面々が、壇上に昇ってきた。

十津川たち三人は、目をこらして、壇上を見つめたが、そこに池戸彩乃の姿はなかった。

最後に、司会者から、お知らせがあった。

「永田教授の受賞を祝って、駆けつけてくださいました皆様に、教授からのお礼として、人型ロボットのミニチュア版を、抽選で九十五名の方にプレゼントします」

そう言って、会場の隅に並べられた、見本のロボットを指さした。身長は三十センチくらい、NAGATA研究所が売り出し中の、人型の人工知能ロボットを縮小したものだった。

「オモチャとはいえ、日常会話を楽しめる程度の、人工知能は備えています。学習能力も、少しあります。お帰りの際、抽選籤(くじ)を引くのをお忘れなく」

そこでもう一度、大きな拍手が起こった。

パーティは、別室で、十五分後に始まった。

会場に配されたテーブルには、すでに色とりどりのオードブルが並べられていた。

立食形式だった。左右の壁際には、寿司コーナーやおでんの屋台、ローストビーフのコーナーもある。

清楚な制服に身を包んだ、若いコンパニオンが、飲み物を注いで回っていた。

「ジャパンAIロボット協会って、お金持ちなんですね。豪華なもんです」

亀井が、感じ入ったように言う。

「すべて協賛金で、賄われているんだろう。ロボット業界の隆盛がわかるよ」

十津川が言った。

そして、橋本は？　と会場を見渡したが、どこに行ったのか、人波にまぎれて、姿が見えない。たぶん、池戸彩乃を探して、会場内を歩き回っているのだろう。

永田教授は、大勢の人垣に囲まれて、歓談が続いている。近づくのさえ、大変だった。

「これじゃあ、永田教授との長話は、無理だな。挨拶だけは済ませてこよう。カメさんは、どうする？」

「警部お一人で、会ってきてください。今回は、私は遠慮したほうがいいでしょう。それが役立つことがあるかもしれませんし」

十津川は、その場に亀井刑事を残し、永田教授を囲む人垣に、向かった。

ようやくの思いで、永田教授の隣まで進むと、十津川はワイングラスをかざして、耳元に声をかけた。

「教授、受賞おめでとうございます。警視庁の十津川と言います。近いうちに、おたくの所員の、青田まきさんと、池戸彩乃さんについて、お話をうかがわせてくださ い」

チラと、十津川に眼をやった永田教授は、満面の笑みを崩すことなく、

「ご苦労さまです」

と、自らもワイングラスを掲げて、ひと言、そう言った。

十津川が、亀井のところに戻ると、橋本も戻っていた。

橋本は、黙って首を振った。池戸彩乃を、見つけられなかったようだ。

「われわれの推測では、池戸彩乃が対決する相手は、永田教授だった。授賞式は、絶好の機会だったが、どうしたのだろう?」

亀井も橋本も、十津川の問いに、答えられなかった。

午後九時を十五分ほど過ぎて、パーティが終わった。

参会者は、永田教授の笑顔に見送られて、帰っていった。手にミニチュア版ロボットの箱を、抱えている人もいる。

ミニチュア版とはいえ、れっきとした人工知能ロボットである。数万円で市販されている、他社のロボットと比べても、遜色のない代物だった。

「大盤振る舞いですね」

亀井が言った。

十津川は、今度は自分で、盛岡署に電話を入れ、城戸事件の、その後の進展を聞いた。

相手は、三浦警部と名乗った。

「死亡した城戸明の、身辺にいた人物を捜していたのですが、二時間ほど前に、その人物を発見しました。氏名は池戸彩乃、二十六歳。東京の工学系の研究所に勤務していると、本人は供述しています。現在、盛岡署で、事情聴取を行っています」

池戸彩乃が、殺人の容疑者になっているなど、十津川には三浦警部の話が、信じられなかった。

「池戸彩乃が、城戸明の近くにいたことは、どうしてわかったのですか？」

城戸明は、池戸彩乃を追っていたのだから、二人が近いところにいても、おかしくはない。

「城戸明が、瀕死の状態で発見されたのは、盛岡駅の休憩所でした。病院に搬送されましたが、間もなく死亡が確認されました。城戸が乗車していた列車は、すでに東京に向けて、発車していましたので、駅近辺の捜索を行いました。近くのカフェで、池戸彩乃を見つけ、職務質問したところ、城戸と一緒だったことを認めたのです。そのため、参考人として同行を求め、現在も、尋問を続けています」

「池戸彩乃も、『はやぶさ二八号』に乗っていたのですね？」

意外だった。十津川たちは、何度も車両内を往復して、池戸彩乃の姿を探したが、見つけられなかった。城戸明は仕方ないとして、池戸彩乃については、十数枚の写真を見て、特徴を摑んでいたのだから、見落とすとは思えない。

「違います。城戸明と池戸彩乃が乗っていたのは、『はやぶさ二八号』ではなく、『こまち二八号』です」

「え？　『はやぶさ二八号』ではないのですか？　東京駅の駅員は、死亡したのは、われわれが乗ってきた列車の乗客で、盛岡駅で途中下車したと、言っていましたが」

「ははあ、そうですか。誤解があったようですね。『こまち二八号』は秋田新幹線の列車です。一四時一四分に秋田駅を出発して、一五時四八分に盛岡駅に到着します。そこで『はやぶさ二八号』と連結するんです。そこから東京までは一緒ですから、東京駅の駅員は、そのように言ったのでしょう」

「池戸彩乃も城戸明も、秋田駅から乗車したのですか？」

「二人とも、秋田から東京までの切符を、持っていました」

「城戸と池戸は、盛岡駅に到着すると同時に、列車を降りたのですね？」

「『はやぶさ二八号』と『こまち二八号』が連結して、盛岡駅を発車するのは一五時五〇分です。ですから、『こまち二八号』が盛岡駅に到着して、二分後には発車することになります。二人はその間に、列車を降りたようです」

「池戸彩乃は、なぜ列車を降りたのでしょう？」

「本人のこれまでの供述では、車内で急に、城戸が体調を崩したので、自分が城戸を抱えて、休憩所まで運んだ、と言っています」

「車内で、車掌を呼んだりは、しなかったのですね？」

「状況からは、そういうことです」

「城戸明は、毒物中毒ということですが、誰が城戸に毒物を与えたか、それはわかっているのでしょうか？」

「その点は、捜査中です。列車内に、毒物を混入した飲料の容器が、残されていたとしても、東京駅に手配したときには、車内の清掃は終わっていましたので、発見できませんでした」

「盛岡署では、池戸彩乃が、飲料か何かに、毒物を混入させたと、お考えですか？」

「それも疑問でして。池戸彩乃が毒物を混入させたのなら、城戸明を休憩所まで運んだ行為が、理解できません。姿を消せばいいのですから」

盛岡署が、必ずしも池戸彩乃を、容疑者とは見ていないのを知って、十津川は少し安心した。

「とはいえ、被害者の近くにいた人物は、今のところ、池戸彩乃だけです。彼女自身が、車内で城戸に近づいた人物はいなかったと、供述しています。もう少し、尋問を続けます」

「勾留されるのですか？」

「そこまではできません。市内のホテルに泊まってもらいます。署員は張り付けますが」

池戸彩乃は、留置施設にとどめ置かれるのではないらしい。それだけでも、彩乃の心の負担は軽くなるだろう。ただし、重要参考人であることは、間違いない。

十津川は、明日、盛岡に向かうことを告げて、電話を切った。

「池戸彩乃が、盛岡署で、城戸明殺害の容疑で、取り調べを受けている。まだ重要参考人の段階らしい。盛岡署でも、彩乃を犯人と断定するには、辻褄の合わない点があると言っている。明日、私は亀井刑事と、盛岡へ向かう。君はどうする？」

十津川が、橋本に聞いた。

「もちろん、ご一緒したいですが」

「わかった。一緒に行こう。私が盛岡署に事情を説明する。今回の捜査の協力者で、昔、部下だったことを話せば、少しは配慮してくれるだろう」

5

翌日、十津川たち三人は、東京発六時三二分の「はやぶさ一号」に乗った。盛岡まで直行できる、いちばん早朝の列車である。盛岡駅には、午前八時四五分に到着する。

今回は、三人続きの指定券を買った。

「警部、池戸彩乃は『こまち二八号』に乗っていたということですが、間違いないのですね？」

席に着くなり、亀井刑事が、事件に触れた。

「彩乃も城戸も、始発の秋田駅から乗車している。切符を調べれば、わかるからね」

「遅くとも、昨日の昼ごろには、池戸彩乃は秋田に到着していたのですね？」

「いつ、どういう経路で、女満別から秋田まで移動したかは、彼女に聞くしかないが」

「なぜ、わざわざ、秋田に出たのでしょう？」

橋本が聞いた。

「私の推測だが、彼女はいったん、洞爺湖近くまで来ていたんだと思う。ところが、永田教授の受賞が決まった。そのため、永田教授は東京から離れられないと、誰かから知らされた」

「それなら、池戸彩乃は、切迫した状況からは、解放されたのですから、秋田まで移動する必要は、なかったでしょう？」

「彼女の足取りを追う人物、つまり城戸明だが、彼がすぐ近くまで来ていることに感づいて、逃げたんだ。彩乃は、協力者から、橋本君のことは知らされていただろう。味方だということも。しかし、もう一人の追跡者は、敵側の人物に雇われているはずだ。危害を加えられる恐れがある。そう判断して、秋田に逃げた。秋田からは、東京まで直通の新幹線が走っている。彩乃は、われわれと同じように、授賞式に間に合う列車に乗ろうと考えた。しかも北海道から追ってきた人物と、顔を合わせなくてすむという、計算もあった。『こまち二八号』と『はやぶさ二八号』は、同時に東京駅に着くが、車両の行き来はできないからだ」

「にもかかわらず、城戸が『こまち二八号』に現れた、ということですね？」

「たぶん、そうだろう。ただ、わからないことがある。これまで城戸は、池戸彩乃とは、つかず離れずの距離を、保っていたように思う。彼女の居場所を報告するだけの、仕事だった。ところが城戸は『こまち二八号』で、彩乃にじかに接触した。その理由がわからない」

「脅しをかけるとか……」

「今さら、何の脅しだ？　追跡自体が脅しだよ」

「それとも、雇い主から、次に会う段取りについて、伝えるように言われたとか」

「かもしれない。しかし、放っておいても、池戸彩乃のほうから、その雇い主に接触があったんじゃないか？　洞爺湖のときだって、たぶん彼女のほうから、日時と場所を指定したんだ。あのときは、どちらから、洞爺湖を指定したのだろうと、言ったけれど、連絡が取りやすいのは、彼女のほうだ」

午前八時四五分、「はやぶさ一号」は定刻どおり、盛岡駅に到着した。

十津川らは、まっすぐ盛岡署に向かった。

署長にあいさつし、橋本の同席も、許可をもらった。

池戸彩乃は、すでに盛岡署に来ていた。

盛岡署の三浦警部も立ち会って、十津川たちは取調室で、池戸彩乃と面会した。

写真で見たとおりの美人だった。やつれたようにも見えた。眼の下に、隈（くま）ができている。十日余りの逃避行の結果だろう。

十津川は自己紹介した。そして、盛岡署の事情聴取と重複するがと断って、橋本が、彩乃の母親の依頼で、行方を探していたと伝えた。

「母には心配をかけてしまいました」

彩乃が湿った声で言う。

「お母さんに連絡は、しなかったんですね？」

十津川が聞いた。

「何度も、無事でいると伝えようとしましたが、失踪の理由を聞かれるのが恐くて、連絡できませんでした。母まで巻きこむわけには、いきませんから」

「何に巻きこまれるのですか？」

「じつは、私にも、はっきりとはわからないんです」

「わからない？　しかし貴女は、研究所を無断欠勤して、東北地方から北海道を、転々としたじゃありませんか。城戸という私立探偵にも、追われていた」

「半年ほど前から、誰かに見張られているような、日々が続きました。はじめは気のせいかと思っていましたが、やがて、誰かが私を監視していると、確信するようになりました」

「それで、恐くなって、姿を消した、ということですか?」

彩乃がうなずいた。

「城戸さんとは、どこから一緒になりましたか?」

「秋田駅です。私が席について、しばらくして、あの方が来ました」

「貴女の横の指定席券を、持っていたのですか?」

「わかりません。車内には空席も、目立っていましたから、勝手に来られたのかも」

「十津川警部、被害者が持っていた指定席券は、他の車両のものでした」

三浦警部が、教えてくれた。

「城戸さんと、面識は?」

「まったくありません」

「彼はなぜ、貴女の側にやって来たのですか? 何か、話があったのですか?」

「自分は私立探偵で、ある人に雇われて、私の行方を追っていた、と言いました。雇った人の名前は、言いませんでした。おそらく偽名での依頼だろうから、その名を言っても無駄だからと。私に追いついたのは、室蘭の宿だったそうです」

「室蘭ですか？　洞爺湖ではなくて」

意外だった。道理で、彩乃を見つけられなかったはずだ。

「直接、洞爺湖に行くのは、避けました。室蘭は洞爺湖に近いですし、それに私、変な癖があって。室蘭はちょうど東経一四一度の線上にあるんです」

彩乃がはじめて、笑みを見せた。

「城戸さんは、私の癖に気づいたようで、女満別から直接、室蘭を目指したそうです。でもそのころになって、城戸さんは、雇い主の依頼に、疑いを持ち始めたんです。それで、秋田まで私を尾行して、気をつけるようにと、注意してくれたのです」

「貴女は、それを聞いて、どう思いましたか？」

「それまで漠然としていたものが、少しはっきりしたように思いました」

「城戸さんは、貴女と一緒のとき、何か口にしましたか？」

「昼食の時間は、過ぎていたので、お茶のペットボトルを一本、持っていました。それを何度か、飲んでいました」

「ほかには？」

彩乃は少し考えていたが、

「カプセルを、飲んでいました。どなたかにいただいた、肝臓にいいサプリメントで、毎日、お酒を呑むので、試しに飲んでいると、言っていました」

それを聞いて、三浦警部が十津川に耳打ちして、取調室を出て行った。

「そのあと、城戸さんは、体調を崩したんですね？」

「びっくりしました。顔が青ざめ、額に冷や汗が浮かんでいました。私が車掌さんを呼ぼうとすると、とにかく駅に降ろしてほしいと言うので、盛岡駅で降りました。駅員さんが救急車を呼びに行ってる間に、私に、去れと言いました。巻き添えになると、大変なことになると言って、私の身体を突き放すようにしました」

「それで、貴女は駅の外に出た。そして、カフェに入った」

彩乃がうなずいた。

「何も手につかない状態でした。カフェに座って、救急車のサイレンを聞いていました。どうしていいか、わかりませんでした。二人目でしたから」

「生命が危険にさらされた人が、二人目という意味ですね？」

「そうです」

「一人目は、青田まきさんですね？」

また、彩乃がうなずいた。

「青田まきさんの死亡を、貴女に知らせたのは、誰ですか？　つまり、貴女の協力者ですが」

「今はまだ、お教えできません。その方にも、ご迷惑がかかるかもしれませんから」

彩乃は、協力者を明かすことを、拒んだ。

「貴女が対決しようとしていた人物は、誰ですか？　これだけは、答えてほしい」

十津川が、強い口調で言った。

しばらく黙っていたが、やがて彩乃は、意を決したように、口を開いた。

「永田教授です」

第六章　ある新聞記者の死

1

池戸彩乃は、自分の身辺を見張っていたのは、永田教授だと名指しした。しかし、その根拠を問うと、彩乃は口ごもった。

「洞爺湖で会うことは、貴女から提案したのですね？」

十津川が、確かめた。

「私からです」

「永田教授の反応は、どうでしたか？　意外そうでしたか？　それとも、当然のように、承諾したのですか？」

「『君は疲れているんだ。研究者には、心を空っぽにする時間も必要だ。君の心が落ち着いたら、ゆっくり話し合おう』と、言いました」

「貴女はそれを、どう受け取りましたか？」

「教授の言葉の裏には、何が隠されているのだろうと、疑いました」

「貴女は、そのときすでに、永田教授に対して、不信感を持っていた、ということですね？」

「そうです。昨年の九月の末ごろでした。その日、全体会議があり、所員は全員、会議室に集まっていました。けれど青田さんと私は、どうしても仕上げねばならない仕事があって、研究室で作業をしていました。そこに、永田教授とノース所長が入ってきたのです」

「ノース所長とは、世界ＡＩ研究所のノース博士のことですね？」

「はい。ノース所長が、激しい口調で、永田教授を叱責していました」

「何と言って？」

「わかりません。早口のネイティブの米語でしたので、私には理解できませんでした」

たぶん、ロボット開発の機密事項についてだったろう。世界ＡＩ研究所の香川新所長も、そういったことを洩らしていたからである。

「一分間か二分間、ノース所長の叱責は続きました。そして、私たちがいることに気づきました。お二人は、びっくりした表情で、それから凄い眼で、私たちを睨みました」

「何か言われましたか？」

「いいえ。お二人とも、黙ったまま、急いで部屋を出て行かれました」

「それが、永田教授への不信感の始まりですか？」

「いいえ。不信感が芽生えたのは、それからしばらくして、始終誰かに見張られているように、感じ始めてからです」

「それは、いつからですか？」

「私が気づいたのは、そのことがあって、半月ほどのちのことです。もっと前から見張られていたのかもしれませんが」

「誰かに相談しましたか？」

「それとなく、青田さんに聞きましたが、彼女はまったく気づいていませんでした。逆に、疲れてるんじゃないのって、言われました」

「貴女は永田教授に、不信感を持った。見張らせているのは、永田教授ではないかと、疑いを抱いたからですね？　では何が理由で、貴女は見張られていたのか、想像でもいいですから、考えを聞かせてください」

「わかりません。ただ、私が気づかないうちに、重要な機密に触れたのかもしれません」

「見張っていた人物は、永田教授ですか？」

「違います」

「なぜ、断定できるのですか？」

「永田教授は、大変多忙な方で、研究所にも、あまり顔を出しません。でもそんなときでも、誰かの視線を感じたからです」

「研究所の仲間が、貴女を見張っていたのですか？」

「いいえ。研究所を退出して、食事をしたり、ショッピングをしているときに、気になりました」

「危害を加えられるのではないかと、思ったことはありますか？」

「そこまでは思いませんでしたが、暗い道の一人歩きは、避けるようにしました」

「しかし貴女は、結局、失踪した」

「決着を付けたかったんです。わけもわからずに監視されている生活に、耐えられなくなりました」

「貴女は、黒幕は永田教授だと考え、彼を直談判の場に、引き出そうとしたのですね？」

「そのつもりでした」

そのとき、ドアをノックして、三浦警部が戻ってきた。

「池戸さん、貴女の容疑は晴れましたよ」

そう言って、十津川に向き直り、

「城戸明が所持していた、サプリメントのカプセルから、毒物が検出されました。遅効性の薬物で、致死率のきわめて高いものです。おそらく、カプセルが溶けるまでに十五分、薬物が効き始めて三十分ほどで、死亡に至ります」

「本人が、毒入りカプセルを、混入させるはずはないから、彼に近づける人物が、それをやった。それは誰なんでしょう？」

十津川が聞くと、三浦警部は、

「城戸明の周辺を、当たるしかありませんね。東京方面にも、出張することになるでしょう。よろしくお願いします」

東京での捜査協力を、頼んできた。

池戸彩乃には、城戸明が所持したピルケースのカプセルに、毒物を混入させる機会は、なかったはずである。そのため、彩乃の容疑は晴れたのである。

「お帰りになって構いませんが、またお尋ねすることがあると思います。いつでも連絡が取れるよう、ご協力をお願いします」

三浦警部が、丁重に言った。

「池戸さん、これからどうしますか？　これだけ貴女のことが公けになったのですから、永田教授も、むやみな手出しはできません。お母さんも心配しておられる。ここはいったん、東京に帰られてはどうですか？」

十津川が、彩乃に帰京を促した。

「そのつもりです。これだけ長い間、無断欠勤したのですから、研究所での処分も待っているでしょう。身の振り方も考えねばなりません」

意外にサバサバした表情だった。

姿を隠した三月二十六日から、数えて十七日間に及ぶ逃避行だった。

十津川は、三浦警部の協力に、感謝の言葉を述べて、盛岡警察署をあとにした。

2

十津川と亀井刑事、橋本、池戸彩乃の四人は、盛岡駅に着くと、一一時五〇分に発車する「はやぶさ一六号」の指定席券を購入した。平日の昼に近かったため、同じ車両内に、四人の席を確保できた。

一四時〇四分、「はやぶさ一六号」は、東京駅に到着した。

駅の外に、パトカーが待っていた。列車内から、亀井刑事が手配しておいたのである。

パトカーの助手席には亀井が座り、後部座席に、十津川、橋本、彩乃が座った。

世田谷区北沢の、彩乃のマンションに向かう。

五階の2Kの部屋には、すでに連絡しておいたので、彩乃の母親が待っていた。

彩乃の姿を眼にすると、母親が泣き崩れた。

橋本がこの部屋を訪れるのは、二度目である。あれから十日余りが過ぎていた。

部屋の調度に変わりはなかった。

八畳のリビングの仕事机に眼を転じたとき、橋本は、大きな段ボール箱が、机の上に置かれているのに気づいた。近づいて見ると、宅配便の伝票が張ってある。差出人は、NAGATA研究所となっていた。池戸彩乃宛てである。

橋本は、部屋の入り口で、母親の肩を抱いていた彩乃に、声をかけた。

「彩乃さん、研究所から、小荷物が届いていますが、中身は何ですか？」

怪訝（けげん）な表情で、彩乃が振り向いた。

「今朝、届いたの」

母親が、彩乃に言う。

彩乃が段ボール箱の伝票を見ながら、

「何かしら？　精密機器って書いてありますけど」

薄気味悪い表情で、十津川たちに視線を向けた。

「ボクが開封しましょう。構いませんか？」

橋本は彩乃に断って、段ボール箱を開いた。心なし、彩乃は後ろにさがっている。

危険物ではないかと、疑っているのだろうか。

中から出て来たのは、高さ三十センチほどの、人型ロボットだった。

「昨日の授賞式で、永田教授が、抽選で参会者に配ったロボットですよ」

授賞式会場の隅に展示されていた、ミニチュア版のロボットだった。

「彩乃さんが参加されなかったので、研究所の誰かが、自宅宛てに送ってくれたようですね。授賞式の参会者は、抽選で当たった人が、もらっていましたけど、研究所の所員には、全員に配ったのですかね」

「研究所の所員には、全員にプレゼントすると、聞いていました」

橋本の言葉に安心したのか、彩乃がロボットを受け取った。

「このミニチュア版の製作には、青田さんと私が関わりました。愛着があります」

彩乃はロボットを、机の上に置いた。

オモチャともロボットともつかない、その中間的な感じのスタイルである。

彩乃はロボットのスイッチを入れると、命令を口にした。

最初は「進め」「止まれ」「伏せ」といった、ごく簡単な指示から始まって、次第に複雑な命令へと移っていく。

机の上のロボットは、それらの命令を、苦もなくやってみせた。ぎくしゃくした感じは、ほとんどなく、至ってスムーズな動きである。

「かなり優秀なロボットなんだね」

十津川が、感心して、言う。

「しかし、こういう優秀なロボットを作ることができる人間は、ある意味で、危険な人物でもある、とも言えますね」

亀井刑事が、懸念を口にした。

「カメさん、それはどういう意味だ？」

「だって、そうじゃありませんか。人間に近い知能を持つ、運動能力に優れたロボットを、大量生産できるんです。自分の分身を、いくらでも作り出せます。悪事に用いれば、惨憺（さんたん）たる被害をもたらすことも、考えられます」

「例えば、武装兵士に仕立てるとか？」

「科学が軍事から発展するのは、いつの世でも同じですから。鉄砲だって、ミサイルだって、原爆もそうですが、みんな、敵を倒すために開発されたものです」

「少し悲観的すぎるけど、ＧＰＳも軍事衛星の技術から、生まれたものらしいからね」

「彩乃さん、このロボットに『人を殺せ』って、命令はできますか？」

亀井が、勢いづいて、過激なことを言った。

「さあ、どうでしょう。そこまでは、ちょっと無理かも」

彩乃は苦笑していたが、それでも試しに、ロボットに向かって、

「殺せ！」

と命令した。

が、ロボットは、行動を起こす代わりに、動かなくなってしまった。

「やっぱり、このロボットに、人を殺すことはできません。優秀なロボットに違いはありませんが、人を殺傷するだけの能力を、このロボットに求めることはできません。

ミニチュア版はミニチュア版で、オモチャです」

　彩乃は、ロボットを段ボール箱に戻した。

　それまで黙って、ロボットの動きを見ていた橋本が、彩乃に聞いた。

「彩乃さん、このミニチュア版ロボットは、授賞式で九十五体、抽選で配られました。もっと余分にもあるでしょうから、大量生産ですよね？」

「最新の大型のＡＩロボットは、次々に改良を加えていくための、試作品ですから、手作りです。ミニチュア版は、大量生産するために、各部品は規格化されています」

「いろいろな色がありますか？」

「そのミニチュア版は、研究所の記念品として製作したもので、同じ色を採用しています。差し上げる方によって違った仕様だと、差別みたいになって、苦情が出たら困りますから」

「ボクのおぼろな記憶ですが、昨夜、授賞式の会場で見たロボットは、手首の部分、腕輪のようになっているところですが、色は黒だったように思います。けれどこのロボットは、赤い腕輪です」

　彩乃はロボットに眼をやり、

「あら、ほんとだ。私が製作した段階では、黒でした。黒の部品しか作っていません。

誰が仕様を変更したんでしょうか？」

「橋本君、よく気づいたな。私はロボットには注意していなかったんだが。どういうことだろう、製作に直接関わった、彩乃さんが知らないうちに、誰かが改良を加えたのだろうか」

十津川が言った。

「改良する部分なんて、このロボットにはありません。というより、これ以上の性能を持たせないように、設計してあるんです。このロボットにおいての完成品がこれです」

「ロボットを解体できませんか？」

橋本が、彩乃に聞いた。

「解体すると、ロボットの性能が消えてしまいます。解体と同時に、人工知能が破壊されるように、設計されているのです。人工知能の中枢部の、転用を防ぐためですが、その装置の特許は、世界AI研究所が持っています」

「橋本君、何か気になることがあるのか？」

十津川が、橋本の考えを質した。

部屋の中には、彩乃の母親もいた。

捜査に関することなのでと、彩乃と母親に断って、橋本は、十津川と亀井を、ベランダに呼び出した。

「少し引っかかるのです。一つは、このロボットが、ほかのロボットとは違う仕様らしいことです。なぜそうしたのか、目的がわかっていません。もう一つは、永田教授が、これからどのような動きを見せるかです。永田教授にとって、彩乃さんの存在は、気になるはずです。新たな動きがあるかもしれません。城戸明にも、正体を悟らせなかった人物です。彩乃さんは、まだ危険な状況に置かれています」

十津川も亀井も、深刻な表情を隠さなかった。

「じつは私も、それを考えていた。彩乃さんの話では、ノース所長と永田教授の立ち話を聞いたことが、一連の事件の発端に思われる。永田教授からすれば、その決着はついていない。彩乃さんが無事でいるかぎり、依然として、彼は心悩ませる立場に置かれたままだ。青田まきと城戸明が消えて、残るのは、彩乃さん一人だ。どのような出方をするかはわからないが、全力で挑んでくるだろうことは、予想できる」

3

その日の夜遅く、中央新聞の社会部記者・関根玄哉（せきねげんや）が、青梅街道の成子坂（なるこざか）付近で自動車事故を起こし、死亡した。

関根が運転する車は、一度、歩道の縁石にぶつかり、横転しながら電柱に激突。その拍子にガソリンタンクが損傷し、一気に火炎を噴き上げたという。目撃者の話では、火炎と熱風で、救助のしようがなかったらしい。

現場検証が行われたが、車体の損傷が激しく、関根の遺体も、激しい熱に焼かれており、事故原因の究明は、困難を極めた。黒焦げの車内から、高熱で溶けたガラス容器が発見され、分析の結果、日本酒のワンカップと判明。運転中の飲酒による事故の可能性が高いと判断された。

翌日の夕刊の社会面の隅に、一段見出しで、事故の記事が掲載された。

十津川が、外回りから警視庁に帰った直後、電話が入った。池戸彩乃だった。

「至急、お話ししたいことがあります。今からそちらにうかがって、よろしいでしょうか？」

切迫した声だった。

十津川は、在席して待っていると、伝えた。

一時間後にやって来た池戸彩乃の顔は、青白く見えた。

「昨夜、中央新聞の関根記者が、交通事故で亡くなりました」

そう言って、中央新聞の夕刊を、十津川に見せた。事故は深夜の零時三十分ごろに、起きていた。

「この方が、私の逃避行の協力者でした」

十津川は、彩乃の言葉に驚いた。研究所の外の人物が、彩乃の協力者だと知らされていたが、新聞記者だったとは、予想もしていなかった。

記事には、職歴も記載されていた。大学卒業と同時に、中央新聞に入社。以来、三十歳の現在まで、ずっと社会部に在籍していた。

「詳しく聞かせてもらえますか？」

十津川は、亀井刑事も呼んで、話を聞くことにした。

「関根さんは、ずっと以前から、ＮＡＧＡＴＡ研究所の取材を続けていました。うちの研究所は、人型の人工知能ロボットの研究・開発では、日本でもトップを走っていましたから。ときおり、研究の成果を、ルポルタージュふうに、報道してくれていました」

「どれくらい前からですか？」

「私が研究所に勤める前からです」

　彩乃の勤務歴は、二年余りだった。関根はそれ以前から、研究所とは親密な関係にあったらしい。

「関根記者は、なぜ貴女の逃避行の、協力者になったのですか？」

「私が身辺に、不穏な空気を感じるようになったとき、どうしたのかと、声をかけてくださいました。私の暗い表情に、気づいたのです。私は正直に、感じていたことを話しました。関根さんは、私の話に興味を持ったようでした。それがきっかけです」

「永田教授については、何か話していましたか？」

「自分の考えは、あまり述べない方でした」

「貴女は、失踪することを、関根記者に話したのですね？」

「それがいいかもしれない、と言ってくれて。逃避行の間は、いろいろと策を講じてくれました。あの方がいたので、居どころを転々としても、不安はありませんでした」

「貴女がわざわざ、ここにいらしたのは、関根記者の事故が、一連の事件とつながりがあると、考えたからですね？」

　彩乃はうなずいた。

　新聞記事で見るかぎり、単純な交通事故に思えた。しかし、彼女の周りで、三人目の死者が出たのである。偶然の一致で済ますには、疑惑が濃すぎた。

「城戸明さんの場合は、明らかに他殺です。青田さんの場合も、疑わしい点が多すぎます。ですから、関根さんの事故も、もう一度、十津川さんに調べていただければと思って」

「研究所との付き合いが、それほど長いなら、関根記者は、昨日の授賞式にも招待されたんでしょうね？」

「もちろんです。研究所では、必ず招待するリストに入っています」

　昨夜の授賞式のパーティは、午後九時過ぎに散会した。そして三時間後に、事故は起きている。

　十津川は、関根記者の事故を、洗い直すことを約束して、彩乃を帰した。

　十津川と亀井は、中央新聞の、旧知の田島記者に連絡し、新聞社近くのカフェで落ち合った。

「今回の事故は、おかしいよ」

田島のほうから、切り出してきた。

「おかしい？　いったいどこが、おかしいんだ？」

「関根は、たしかに酒好きだが、仕事や、車の運転をするときは、絶対に飲まないやつだ。その辺は、きちんとしていた。警察は酔っぱらい運転による事故だと、見ているようだが、とても信じられないよ」

「なぜ関根記者は、深夜に運転していたんだ？」

「わからない。関根は、夜中でも仕事のことを考えていて、迷ったときには、車で高速道路をぶっ飛ばしていたというほどの男だから、深夜に車を、運転していたというのは、ちっとも不思議じゃない。ただ、酔っぱらい運転だけは、絶対に納得がいかない」

田島が、強い調子で言う。

「それなら、司法解剖をしてみれば、何かわかるんじゃないか？」

「そのとおりだ。だから警察に、司法解剖を要請している。結果がわかるのは、明朝かな。何かわかったら、君に連絡するよ」

その翌朝、早速、田島から十津川に、連絡があった。

今回は、十津川は一人で出かけた。中央新聞社近くの、前日と同じカフェで、田島と会った。

「やっぱり、オレの疑いが当たっていた。車内にワンカップのガラス容器はあったが、遺体からは、アルコール分は検出されなかった。運転せずに、車の中で考え事をしながら、ワンカップを飲んだときの忘れ物かもしれないな」

田島は、関根記者が、飲酒していなかったことで、納得している。

だが十津川は、それだけで済ますわけにはいかなかった。事件の可能性も、考慮する必要があった。仕組まれた事故ではないかという疑いは残る。それを田島には、言えなかった。

「ほかに、わかったことはないのか？」

「解剖結果で、めぼしいのは、それくらいだ」

「関根記者の家族は？」

「まだ独身だ。中野のマンションに、一人で住んでいる」

「その部屋、見ることはできないか？」

「ご両親が広島から出て来ているんだが、遺体の始末が終わるまで、うちの社で、鍵を預かっている。社有物もあるだろうからね。今、鍵を取ってくるよ。待っててくれ」

田島は、気さくに席を立って、社に戻っていった。

関根記者の中古マンションは、ＪＲ中野駅から、歩いて十分ほどのところにあった。

２ＤＫの室内は、独身男の部屋としては、よく片づいていた。

一通り、見て回ったが、特に事故と結びつくようなものはなかった。

「事故現場は、青梅街道の成子坂辺りだったよな。ここからなら、会社に向かっていたんだろう。けど、深夜だよ。そんな時間に、何をしに行ったんだ？」

「深夜だろうと、用事があれば、会社に行くさ。関根は社会部の記者なんだ。記事をまとめるために、深夜に資料をあさるなんてことは、不思議でもなんでもないよ」

「資料室があるんだろうが、係の人間は深夜にもいるのか？」

「深夜には係は帰っている。だけど二十四時間、利用できる。オレだって、深夜、急に資料を見るために、資料室に入ったことは、何度もある。おそらく関根も、資料室で何か調べようと、車を飛ばしたんじゃないか」

「資料室を見せてもらうことは、できるだろうか？」

「構わないよ。オレが案内してやるよ。警部殿には、たっぷり貸しを作っておくのも、オレたち新聞記者の仕事だからね」

田島が、おどけたように言った。

4

中央新聞社に着くと、田島が紹介してくれた記者が、十津川の質問に答えてくれた。

関根記者の同僚で、園田(そのだ)と名乗った。

「昨晩遅く、関根さんと電話で話されたそうですが、そのときの様子を、聞かせてください」

十津川が言った。

「電話がかかってきたのは、深夜の零時少し前でした。たまたま私が出たのですが、アメリカでのＡＩロボット研究について、最新の資料はどこにあるか、と聞かれました」

「日本のではなくて、アメリカの資料ですか？」

「アメリカです。もう一つ、アメリカのロボット関連の人脈について、書かれた資料についても、尋ねられました」

「どちらもアメリカの資料ですか」

「国内のロボット関連の資料は、うちの社では、彼がいちばん持っています。もう十年近く追い続けている業界ですから。ロボット草創期からの歴史が、彼の頭には入っていました」

「関根さんは、ずいぶん早い時期から、ロボット業界に着目していたのですね？」

「われわれは団塊の世代ではありませんが、鉄腕アトムや鉄人28号などとも、親しんできました。関根はことのほか、ロボットに思い入れがあったようです。入社早々から、取材を続けていました。先見の明があった、ということです。ロボットの研究が、これほどの発展を見せるとは、当時は、まだ予測できませんでした」

「関根さんが尋ねられた資料は、どこにあったのですか？」

「資料室にあったのを、見たことがあると伝えました。そうしたら、今から社に顔を出す、と言うんです。私はすでに帰り支度をしていましたので、付き合えないと、言いました。『もちろん構わない、教えてくれてありがとう』と、彼はそれだけ言って、電話を切りました。それが関根と交わした、最後の言葉です」

おそらく関根記者は、授賞式のあと、まっすぐ自宅に戻ったが、急に確かめたいことがあって、社に連絡した。資料がどこに保管されているのかを確かめ、社に向かった。

「関根さんの電話で、何か切迫したとか、普段とは違った感じはありませんでしたか?」

「特に感じたことはありません。いつもどおりでした」

関根さんが、閲覧しようとした、アメリカの資料を、拝見することはできますか?」

関根記者が探していた資料が見つかれば、何かの糸口が、つかめるかも知れなかった。

「関根の質問は、漠然としていて、資料の中から、何を探し出そうとしていたのか、私には見当が付きかねます。資料は公開されているものばかりですから、閲覧は可能ですが、膨大な量なので、無駄だと思います」

同僚の記者が言うのだから、十津川が閲覧したところで、成果は期待できないだろう。

「十津川さん、やけに関根の行動に、関心があるようですが。考えてみれば、捜査一課の警部が、わざわざのお出ましだ。今回の事故には、何か事情があるんですか?」

園田記者との面談に、立ち会っていた田島記者が、不審げに聞いてきた。

「個人的に頼まれたんだよ。関根記者と親しかった人が、事故の模様を、もう少し詳しく知りたいと言ってね」

「誰なんです？」

「新聞記者じゃないよ。彼と個人的に、付き合いがあったそうだ」

「それだけの理由で、超多忙な、捜査一課の警部が？　ねえ、教えてくださいよ。事情がはっきりするまでは、記事にはしませんから。関根の事故に、不審な点があるんですか？」

さすが社会部の記者である。匂うものがあるのだろう。食い下がってきた。

「不審もなにも、事故については、君のほうが詳しいじゃないか。私は君の後追いをしてるんだよ」

十津川は、田島記者の追及を、突っぱねた。

5

十津川は、警視庁に戻ると、日下刑事と北条早苗刑事を連れて、新宿警察署に赴いた。

新宿署には、大破、炎上した関根記者の車が、保管されていた。

車体のフレームだけの、残骸だった。内部のシートは跡形もなかった。タイヤもすべて焼け切って、車軸だけが残っている。

新宿署では、当初から、単純な交通事故と見て、車体の詳細な鑑識は、行わなかったようである。関根記者の遺骸を、司法解剖したあとも、酔っ払い運転ではなかったが、前方不注意、脇見運転による事故として、処理していた。

強烈なガソリン臭がした。横転し、電柱に激突した際に、タンクが破損して、一気に炎が噴き上がったと、目撃者の談話が、新聞に載っていた。

「ひどいですね。毎日、何気なく車を運転していますが、一つ間違えば、こんな有様になるんですね」

北条早苗刑事が、感に堪えないように、言う。

全員が口をハンカチで覆って、車内をつぶさに調べていった。

「警部、見てください。これ、何でしょう？」

助手席の辺りを調べていた日下が、十津川を呼んだ。

赤ん坊の拳大の金属が、溶け固まったようになっていた。表面は、煤で黒ずんでいる。

「車の部品じゃないな。こんな位置に、塊になる金属部品があるとは、思えない」

十津川が言う。

「車の部品でなければ、関根記者が、携行していたものですか？」

そうとしか考えられなかった。

新宿署では、関根記者の持ち物だと思われる、ショルダーバッグの金具は、採取していた。現場検証の際に見つけ、保管してあった。

三人は、三十分ほど、車内をくまなく探したが、拾得できたのは、金属の塊だけだった。高熱に焼かれたため、金属以外には、何も残っていなかった。

金属の塊は、すぐに科捜研に回された。

結果が出るのに、あまり時間はかからなかった。

担当の研究員が、十津川の席にやって来て、

「警部、これは集積回路の部品ですよ」

「しゅうせきかいろ？」

「表面は熱で溶けていますが、中心部は、かろうじて、原形が残っていました。そのままでは中を確認できなかったため、二つに切断してあります。コンピュータに使う部品です。ただ、コンピュータのものより、集積度が密です。一般に出回っている集積回路より、数段、ハイレベルなクラスのもののようです」

「例えば、何に使われるのですか？」

「形状が立体的ですし、高度な装置ですから、そうですね、自動掃除機って、流行っているじゃありませんか。床に置くと、充電が切れるまで掃除をしている器械ですが、あいったものに使われていますね」

「自動的に掃除をするロボットですよね？」

「おっしゃるとおり、ロボットにも採用されています」

「ロボットですか」

十津川は、永田教授の授賞式で見かけた、人型ロボットを思い浮かべていた。

十津川は、日下刑事に命じて、池戸彩乃を迎えに行かせた。

池戸彩乃が到着すると、十津川は科捜研の研究員が、二つに切断した金属の塊を手渡して、

「これが何か、わかりますか？」

関根記者の事故現場から採取したことは伏せて、聞いた。

「焼け焦げた跡がありますが」

と言いながら、彩乃は手にした途端、

「これって、ミニチュア版ロボットの部品じゃないですか！」

開発に直接、携わったのだから、もしそうであれば、気づくとは思っていたが、そ

れ以上に、反応は早かった。

「どこで手に入れられたんですか？」

彩乃が聞いてきた。

彩乃には辛（つら）い話かも知れないが、十津川は、事実を告げるしかなかった。

彩乃はうなだれて、聞いていた。

「ミニチュア版ロボットの部品だとすると、関根さんは、授賞式のあとの抽選で、ロボットを射止めたんですかね？」

「そうではありません。関根さんは優先的に、プレゼントされたのです」

「と言うと？」

「授賞式会場に参加された方々は、抽選でしたが、別枠で、うちの所員や、研究所に功績があった方々にも、プレゼントされました」

「関根記者にも？」

「長い年月にわたって、研究所の業績紹介をしてくださったので、お礼の意味もこめて、研究所が贈ったのです」

「関根記者は、深夜、資料を調べるために、会社に向かったようです。そんなとき、わざわざロボットも、携行していくものでしょうか？」

「説明書にも、書いてありますが、このロボットは、つたないながらも、学習能力があります。身近に置いて、コミュニケーションを繰り返せば繰り返すほど、より多くの言葉を覚え、会話の幅が広がります。寝るときも、枕元に置いてほしいと、説明書には記載があります」

「それで納得できました。要は、肌身離さずに持ち歩け、ということですね？」

「それが人工知能ロボットの、特長なんです」

ふたたび彩乃は、焼け焦げた金属の塊を、子細に眺めていたが、

「あら、これ、何かしら？」

切断面の中心部を、爪で掻き出すようにした。

小さな破片が、剝がれ落ちた。他の部品とつながっていない、別の部品のようだった。

「これ、ロボットのものじゃありませんけど」

そう言って、十津川に差し出した。

「貴女が見て、何だと思います？」

「私はロボットの専門家ですけど、それ以外の機器には、通じていません」

ふたたび、科捜研の研究員を呼んで、鑑定を頼んだ。

こちらの鑑定結果も、すぐに届けられた。

「ポケットベルでした」

「ポケベル？」

「小さな部品ですから、跡形もなく溶けてたはずですが、先ほどの金属の塊の中にあったのでしょう、運良く残ったというわけです」

科捜研の研究員の言葉に、彩乃が反応した。

「本当に、ポケベルが、あの中に、組み込まれていたのですか？」

半信半疑といった表情だった。

「くぼみがぴったり合いますから、間違いないでしょう」

「別々だったものが、高熱で一緒になった可能性は？」

「ないと、断言できますね。ポケベルは、二十年以上前に流行った遺物と、言われています。よくこんなもの、保管していましたね」

研究員は、感心したように言うと、部署に戻っていった。

十津川は、中央新聞の田島記者に、連絡を取った。

「つかぬことを聞くが、関根記者は、ポケットベルを持っていたか？」

「ポケベル？」

田島記者は、十津川の質問が、理解できなかったらしい、聞き返してきた。

「ポケベルって、昔流行ったポケットベルのこと？　まさか。持ってるはずないじゃない。われわれは、スマホ時代の記者だよ。タブレットだって、いつも携帯してるんだ」

「わかった。ありがとう」

十津川は、礼を言って、電話を切った。

「何のために、ロボットにポケベルを組み込んだのか、見当がつきますか？」

十津川は、彩乃に向き直って、尋ねた。

「わかりません。人型ロボットは、内部空間をぎりぎりまで圧縮しています。首も腕も足も、胴体より細くしなければなりません。にもかかわらず、人間と同じ動きを要求されます。人工知能も搭載します。ですから、小さいとはいえ、ポケベルを組み込むには、一部の機能を犠牲にするしかありません。何が目的で、そんなロボットを作ったのか、理解できません」

「昔むかしのことなので、忘れましたが、ポケベルの機能って、何でしたか？」

十津川は思い出そうとしたが、正確な記憶がなかった。

「確かなことは言えませんが、文字情報専門でした。ディスプレイに、相手からの文字情報が届きました。通話はできません。呼び出し音と、バイブもあったと思います。『電話をください』とか、『午後六時、駅前広場で待つ』なんてメッセージを送った記憶があります」

十津川も、おぼろげながら、思い出していた。

「通話はできない、文字情報が送受信できる、呼び出し音が鳴る、バイブが振動する。ただし、ロボット内に組み込むので、発信はできない。これだけの条件を、どう活用しようというのでしょう？」

「どちらにせよ、受信だけですね」

「発信者はポケベルで、ロボットになんらかの指示ができる。一方、ロボットの所有者は、ポケベルの存在を知らないので、その指示を解除できない。こういう構図になりますね」

十津川と彩乃は、互いに顔を見合わせた。

二人とも、ポケベルの組み込みに、何者かの悪意を感じ取ったのである。

「うちにあるミニチュア版ロボットを、解体してみましょうか？」

彩乃が言い出した。

「ロボットの設計図のコピーも、保管しています。私のロボットにも細工がしてあったら、設計図と照らし合わせることもできます」

「ロボットを解体すると、人工知能が破壊されると、言われませんでしたか？」

「ミニチュア版のロボットは、大量生産品です。もったいないですけど、関根さんの事故原因の究明に役立つなら、本望です」

十津川は、彩乃の提案に乗ることにした。

6

十津川は、彩乃の護衛に、日下刑事と北条早苗刑事を付けて、彩乃のマンションに向かわせた。

二人の刑事には、ロボットの扱いについて、十分、注意するよう、厳しく言い伝えた。ロボットに、細工が施されている可能性も、疑われたからである。どのような事態が起こるか、まったくの未知数だった。

橋本にも連絡して、来庁するよう伝えた。彩乃が帰宅し、母親からの捜索依頼は終了したが、事態が収拾したとは言えず、橋本から、捜査協力したいと、申し出があったためである。

二時間後、科捜研の研究室に、十津川警部、亀井、日下、北条早苗の各刑事、それに池戸彩乃と橋本がそろった。

危険性があるので、科捜研の研究員が立ち会い、隔離されたスペースにロボットを置いて、遠隔装置で作業を開始した。

研究員が、彩乃に説明を受けながら、脚、腕の順に、解体していく。

彩乃は、もしポケベルが組み込まれているなら、胴体部分だろうと、予告していた。ポケベルは小さいとはいえ、ミニチュア版ロボットにとっては、大きな異物である。脚部や腕に組み込むのは、難しかった。

脚部と腕の切り離しが終わり、頭部と胴体の切り離しに、とりかかったときだった。

突然、ドンッと、腹に響く振動とともに、閃光(せんこう)が走った。

ロボットの破片が、四方に散る。

十津川は、閃光のまぶしさに、一瞬、眼をつぶった。

爆発規模は、予想よりは小さかった。せいぜい、ロボットから半径一メートルほどの、衝撃波だった。

もしや、の思いはあっただろうが、実際にロボットが爆発して、彩乃は呆然（ぼうぜん）としていた。

「どういう仕組みで爆発するのか、これから検証してみますが、差し当たっての緊急課題は、ロボットを回収することですね」

研究員が言う。

「思ったほどの、爆発力じゃなかったな」

日下が、感想を述べる。

「ロボットが置かれる環境を考えれば、そうとも言えないぞ。このロボットは、会話をするんだ。繰り返し話しかけることで、会話力が向上する。ロボットの所有者は、しょっちゅうロボットに話しかけるだろう。ロボットの近くにいるときに爆発すれば、生命にかかわるぞ」

亀井が、日下をたしなめた。

「意表をついて、ポケベルの着メロが鳴り出せば、誰だって、何だろうって、ロボットに近づきますからね」

北条早苗刑事も言う。

「爆発物は、何ですか？」

十津川が、研究員に尋ねた。

「分析してみないとわかりませんが、二種類以上の液体が混ざって、激しく化学反応したのかもしれません。一般に言う火薬とは、違うような気がします」

「ポケベルとの関係は？」

「ポケベルに送信すると、ポケベルが作動し、それが何らかの方法で、爆薬を起爆させるのではないか、との推測は成り立ちますね」

十津川は、頭をかかえてしまった。

問題のミニチュア版ロボットは、授賞式の参会者のうちの九十五人に、そのほか、研究所員や、研究所に功績のあった人物にも、贈られている。それだけの数のロボットを回収し、安全な場所に移して解体するには、どれだけの日数と人手が必要なのか、見当がつかなかった。

第七章　終末を告げるロボット

1

十津川は、亀井刑事を連れて、NAGATA研究所に向かった。ミニチュア版ロボットを贈った人の名簿を、手に入れるためである。

NAGATA研究所に着くと、応対に出て来たのは、彩乃の上司の、菊池だった。

十津川が、ロボットを渡した人の、名簿がほしいと言うと、菊池は困惑した表情になった。

「授賞式の受付はわたしもお手伝いしましたが、ロボットを贈った方の名簿はありません」

「なぜですか？　高価な品物ですし、アフターケアだって、必要でしょう」

「クロークの横で、抽選籤(くじ)を引いてもらい、当選者にはその場で、ロボットを手渡しました。どなたに渡したのか、氏名までは控えていません。アフターケアについては、保証書を付けていますので、不都合があれば、お客さんから研究所に、連絡があるはずです」

ロボットを手にした、九十五人の氏名が、わからないというのである。

「授賞式に来た方全員の、名簿はありますか？」

十津川は、気持ちを取り直して、菊池に聞いた。

「コピーがあります。お持ちしましょうか？」

と言って、菊池は席を立った。

授賞式の主催は、ジャパンAIロボット協会であり、参会者名簿の原本は、協会が保管しているはずである。NAGATA研究所では、参会者に礼状を送る必要もあって、名簿のコピーをもらったらしい。

「約五百人の方に、お集まりいただきました。受付で、招待状と照合しましたので、実際に足を運んでくださった方々だけの名簿です」

戻ってきた菊池が、コピーの一覧表を、十津川に示した。

「研究所の所員にも、配られていますね？　その方々の名簿も、いただけますか？」

こちらはすぐに用意できるだろう。

「それから、外部の方で、この研究所に功績のあった方にも、ロボットを贈られたようですが」

「承知しました」

「四人の方に、贈りました。今回、私どもに、授賞を決めてくださったジャパンＡＩロボット協会の会長と副会長、それに、長年にわたって、この研究所を取材し、紹介の記事を掲載してくれた、中央新聞の関根記者と、同じく、カメラマンの高瀬美奈子さんの四人です」

ミニチュア版ロボットを手にした人は、合計で百十五人だった。

内訳は、抽選の当選者が九十五人、研究所の所員が十五人、研究所外部の功労者が四人、そして池戸彩乃である。

十津川と亀井が、菊池に送られて研究所を出ると、田島記者が待っていた。

「何かわかりましたか？」

十津川に聞いてきた。

「何も。ところで、君の社に、高瀬美奈子さんというカメラマンはいる？」

「高瀬なら、今日は、東京湾の撮影に行ってるはずです。連絡してみましょう」

田島はスマホを取り出した。短い会話のあと、

「ちょうど取材が終わって、社に向かっているところです。われわれも行きますか？　彼女と同じころに着けるでしょう」

覆面パトカーを先導するように、田島の乗った車がスタートした。

十津川たちが、中央新聞社に着くのと前後して、高瀬美奈子も帰社した。

高瀬美奈子は、三十代なかばに見えた。ひっつめ髪の、活動的なスタイルだった。

「貴女は、NAGATA研究所のロボットを、お持ちですね？」

十津川が聞いた。

「ええ。自宅に置いてありますが」

「拝見したいのですが」

高瀬は、横にいる田島を、チラと見た。十津川の急な申し出に、戸惑ったようだ。

「今日は、本当は休日だったんですが、急にピンチヒッターを言われまして。ですから仕事は、これで終わりです。ご一緒しましょう」

高瀬美奈子の自宅マンションは、成城学園前駅から歩いて十二、三分のところにあった。

四人が車から降り立ち、彼女の住まいに向かおうとしたときだった。

遠くで、ドンッという、腹に伝わるような衝撃音が響いた。同時に、上方から一瞬、まばゆい光が降ってくる。

十津川と亀井が、顔を見合わせた。

二人には記憶があった。科捜研の研究室で、体感した衝撃音と閃光だった。

田島と高瀬は、気づいていないのか、二人そろって、不可解な表情で、辺りを見回している。

「貴女の部屋は、どこですか⁉」

十津川が、切迫した声で怒鳴った。

その声に、ビクッとしたように、

「あそこです」

と、高瀬が指さした先に、橙色の炎の燃えさかる影が見えた。

高瀬が、奇妙な叫びを上げた。

「ロボットは、どこに置いていたのですか⁉」

十津川が、高瀬の肩に手をかけて、揺さぶる。

「窓際ですが……」

爆発の炎が、窓のカーテンに燃え移ったのだろう、ガラス戸の向こうに、天井が見えた。

「鍵をください！　鍵！」

十津川が、また怒鳴る。

高瀬がようやくのこと、バッグから鍵を取り出す。

震える高瀬の手から、引ったくるように鍵を受け取ると、十津川は亀井を促して、マンションに向かって、疾走した。

三階まで階段を駆け上がり、三〇一号室の前に立ったとき、ふたたび派手な、爆発音が響いた。

ベランダ側のガラス戸が、砕けた音だった。

十津川は、鍵を差し込もうとした手を、止めた。今、ドアを開けると、炎の通り道を作ることになる。廊下に向かって、炎が噴き上げるに違いなかった。

火を閉じこめるには、ドアを開かずに、消防車を待つしかなかった。

十数分後、サイレンを鳴らして消防車が、駆けつけたときには、火は隣の三〇二号室と、上階の四〇一号室にも及んでいた。

鎮火したのは、一時間後だった。

十津川たち四人は、室内に入った。

まだ、ソファにはくすぶりが残り、辺りには異臭が立ちこめていた。

窓際に置かれていたロボットは、粉々に砕けた金属片だけを残して、焼失してしまっていた。

十津川は、高瀬と田島をいったん外に出し、鑑識と爆発物専門の科捜研の研究員に、出動を要請した。

池戸彩乃のロボット爆破実験にも立ち会った研究員は、現場を見るなり、言った。

「あれと同じロボットが、この部屋にもあったのですね？」

「窓際に置いていたと、言っている」

「爆発の炎が、カーテンに燃え移ったようですね。ロボットを、部屋の中央にでも置いていたら、火の広がりは、もう少し遅かったかも知れません」

「カーテンが側にあったのは、不運には違いないけど、高瀬さんが留守だったほうが、もっと幸運だよ」

亀井が言った。

「カメさんが言うとおりだよ。ピンチヒッターで出社してなければ、彼女も危なかった」

「犯人は、今日は彼女は休日だと、知っていたんでしょうか？　休日だから、ロボットのそばにいるだろうと？」

「たぶんね。恐ろしく緻密に計算されてるような気がする」

十津川は部屋から出て、外で待っていた高瀬美奈子に尋ねた。

「ロボットの手首、腕輪のようになっている部分ですが、何色でした？」

「色ですか？」

十津川の質問の意図が、理解できないのか、高瀬美奈子は、首を傾げた。胴震いが収まらず、両手で肩を抱き込むようにしている。

「手首のところに、一センチ幅の、輪があったはずです。その色です」

高瀬美奈子は、しばらく考えて、

「たぶん、赤い色だったと思います」

自信なさげに、言った。

「貴女は、関根記者が贈られたロボットを、見ましたか？」

「授賞式パーティのあと、クロークの横でロボットを受け取り、お互いに見せ合いました」

「関根記者のロボットの腕輪部分の色、憶えていますか？」

ふたたび、高瀬美奈子は、思案する仕草をした。

「不確かですけど、私のと同じ、赤い色だったと思います。もしも私のものと違っていたら、すぐに気づくはずですから」

「関根記者と貴女は、抽選ではなかったですね？」

「いただけると聞いていました。抽選には参加せずに、係の人に名前を告げるよう、言われていました」

「貴女と関根さんが受け取ったロボットは、抽選でもらえるロボットとは、別にしてあったのですか？」

「四体だけ、別に積んでありました」

十津川は、亀井刑事を呼び、指示を与えた。

これまでに爆発したロボットは、三体である。池戸彩乃、関根記者、高瀬美奈子の三人が持っていた。そのうちの二体は、抽選とは別枠のロボットだった。

池戸彩乃は研究所の所員だから、送られてきたロボットは、抽選枠ではない。

しかも三体とも、抽選で贈られるロボットと違って、腕輪が赤いらしい。抽選のロボットの腕輪は、黒である。

高瀬美奈子の記憶には、多少、あいまいなところはあるが、十津川は、捜査の照準を、腕輪の赤いロボットに絞ることに決めた。

2

ジャパンＡＩロボット協会の会長宅と、副会長宅には、最優先で刑事を派遣した。

刑事たちには、科捜研が用意してくれた、特殊な容器を持たせた。少々の爆発にも耐えられるのだが、電波を遮断できるという代物だった。中にロボットを入れてしまえば、ポケベルが組み込まれていても、受信できないのである。

会長と副会長の二人には、関根記者や高瀬カメラマンとの、共通点があった。功労者として、ロボットを贈呈されたことである。

会長と副会長宅から回収された二体のロボットは、いずれも赤い腕輪をしていた。

翌日の午前九時に、会長と副会長が、警視庁に顔を見せた。

十津川は二人に、これまでに起きた二件のロボット事故の、経緯を説明した。池戸彩乃のロボット解体中の爆発についても、付け加えた。

しかし二人は、まだ信じられないようだった。

「いいですか、十津川さん。永田教授は、今回、私たちの協会が、その功績を称えて、賞を与えた相手なんですよ。そんな立場にいる永田教授が、いつ爆発するか、わからないような、そんな危険極まりない爆弾入りのロボットを、私たちに贈呈するはずがないじゃありませんか。常識で考えて、あり得ないですよ」

副会長も、口をそろえた。

「私だって、個人的には、NAGATA研究所の発展に、寄与したつもりです。永田教授も、研究所が世間に認められるようになったのも、みんなこの私のおかげだと、言ってくれています。そんな永田教授が、危険なロボットを、私に寄越すはずがない。十津川さんがおっしゃることは、名誉毀損ものですよ」

そう息巻いた。

たしかに表面的には、そのとおりなのだろう。しかし、人間の心の闇に巣くう虫は、時には、異常とも言える行為に走るのを、十津川は何度も見てきている。

百聞は一見にしかず、という。二人を、科捜研の実験室に案内した。

ここまでくると、さすがに二人も、緊張を隠せない様子だった。

科捜研の研究員が、二体のロボットを、防弾ガラスで囲んだ中に、運び込んだ。

「先ほど、X線を当ててみましたが、どちらのロボットにも、正規の設計図とは異なる点が、認められました。胴体部分に、長さ三センチ、幅二・五センチ、厚さ六ミリほどの金属が、そしてその下に、それよりは一回りほど大きな容器が二個、確認されました」

　研究員の報告を受けて、会長と副会長の表情が、こわばった。

　続いて、十津川が、口を開いた。

「お聞きになったように、お二人から回収したロボットには、正規のものではない異物が、組み込まれています。これまでの検証から、金属は、ポケベルを改造したもの、容器に入っているのは、混合させれば、激しく化学反応を起こす、溶液だと思われます」

　二人の顔からは、血の気が失せていた。

「そんなバカな！」

　副会長が、うめくように言った。

「お二人から承諾をいただければ、ロボットの一体で、どのような結果が生じるか、検証してみたいのですが」

　十津川が、二人に聞いた。二人はうなずいた。

　一体のロボットは、部屋から運び出され、一体が残された。

　研究員が、説明する。

「この部屋は、外部からの電波を遮断しています。個別の番号がわからなくても、ポケベルを作動させられる装置が、ここにはあります。では検証を始めます」

研究員が、かたわらの器械のボタンに触れた。
二、三秒して、天井のスピーカーから、着メロが流れ始めた。ガラス覆いのどこかに、集音マイクがあるのだろう。
着メロは、二分間ほど続いた。そして、衝撃波が伝わり、閃光が走った。

ロボットは、跡形もなく、飛び散っていた。

しばらくの間、誰も声を出さなかった。

ホーッと息を吐いて、会長が言った。

「長い着メロでしたね。着メロが鳴り続けるだけで、何も起こらないのではと、思ってしまいましたよ」

「着メロが長々と続くのは、犯人の計算なのです。少しくらい遠くにいても、何の音だろうと近づいてくる、その時間も計っているのです。ロボットから音が流れているのに気づけば、音源を見つけようと、ロボットを持ち上げるかも知れない。そのとき、ロボットが爆発します。確実に殺傷できるというわけです」

十津川が言った。

研究所の所員に渡った、十四体のロボットは、警視庁が依頼したその日のうちに、菊池が回収してくれた。

菊池には、ロボットを回収する理由として、高瀬美奈子のマンションの火事を利用した。ロボットに不具合があり、出火する可能性が疑われるので、消防庁と警視庁が、合同で調査すると説明した。

菊池は、不本意な表情を、隠そうともせず、十津川に抗議した。

「うちのロボットに限って、出火の恐れなんて、あり得ません。ミニチュア版のロボットは、構造が簡易な分だけ、より安全だとも言えるのです」

「しかし現実に、高瀬さんのロボットが原因で、火災が起こっています」

「ほかに原因があるはずです。ロボットの近くに、熱源になるものがあったとか」

「その点についても、並行して調査を続けています。研究所が、風評被害にあわれないよう、細心の注意を払っています。今回回収したのは、おたくの所員の分だけです。抽選で当たった方たちからは、一体も回収していません」

研究所から集めた十四体のロボットは、すべて黒い腕輪をしていた。

X線を当ててみたが、不審な点は、見つからなかった。彩乃が提供してくれた設計図と、寸分の違いもなかったのである。

「十津川君、どうやら黒い腕輪のロボットは、問題ないようだね」

十津川を署長室に呼んで、三上本部長が言った。

「予想どおりです。黒い腕輪のロボットには、手が加えられていません。抽選で贈呈する相手を決めるのですから、誰の手元に置かれるのか、予測は不可能です。無差別殺人でも企むなら、話は別ですが、今回の事件は、明らかに標的を決めています。赤い腕輪のロボットは、はじめから受け取り手が、決まっていました」

「それを決めたのは、永田教授なんだろう？ だったら話は早い。なぜ逮捕しないんだ？」

「永田教授と、改造ロボットを結びつける物証が、まったくないのです。永田教授が計画したことは、明らかですが、それを立証することができていないのが現状です」

「それを立証するのが、君の仕事だろう」

「おっしゃるとおりです。捜査方法も、見直す必要があるでしょう」

「犯行の動機についても、君からは、まだ十分な説明を聞いていないが」

「池戸彩乃にしても、高瀬美奈子にしても、命を狙われるほどの、憎しみをかったこともなければ、重大な機密に触れたこともないと、口をそろえています」

「これから、どうするつもりだね？」

「永田教授の容疑は、すでに動かないものになっています。永田教授一本に絞って、捜査することになります。永田教授という人物は、特異な性格の持ち主なんでしょうか？　われわれには、犯人は自分だよと、はっきりわからせておいて、しかも証拠は、完璧に消し去っている、そんな感じがしています」

3

十津川は、捜査会議を一時間後に控えて、考えをまとめることにした。

関係者で死亡したのは、

青田まき（轢き逃げ）

城戸明（毒殺）

関根玄哉（爆殺）

この三人である。

赤い腕輪のロボットを贈られたのは、

池戸彩乃（ＮＡＧＡＴＡ研究所研究員）

関根玄哉（中央新聞社会部記者）

高瀬美奈子（同カメラマン）

ジャパンＡＩロボット協会会長

同　　　　副会長

以上の五人である。

こうして並べてみると、ジャパンＡＩロボット協会の二人と、残りの五人は、別のグループに分けられるように見えた。

つまり、殺害の動機が、別のものではないか、ということである。

もともと一連の事件は、池戸彩乃の失踪から始まっている。そして失踪に至る、事の発端は、世界ＡＩロボット研究所のノース博士が、永田教授を面詰する場面から始まった。

その面詰の場面に、たまたま居合わせたことが、永田教授の殺意を生んだ、と考えれば、どうしてもノース博士の面詰の内容が、問題になってくる。しかし、何が話されたのか、それを確認する手立ては、もうない。

面詰の詳細はともかくとして、面詰が一個人の生命など、問題にもならない次元の内容だったとしたら、池戸彩乃が見張られ続けたのは、納得できるし、生命を狙われるに至ったことも、うなずけるのである。

その延長上に、青田まきの死があった。青田まきは殺されたのである。轢き逃げ事故を装った、殺人だった。この考えも揺るがない。揺るぎようがなかった。なぜなら、青田まきも、池戸彩乃と一緒に、ノース博士の面詰の場面に、居合わせたのだから。

次に、城戸明だ。

城戸は私立探偵として、永田教授に、池戸彩乃の行方を探すよう、依頼を受けた。偽名を使ったとはいえ、城戸とは顔を合わせており、記憶には残るだろう。そこで言葉巧みに、毒を仕込んだサプリメントを城戸に渡し、殺害した。

城戸がいつ、毒入りのサプリメントを選ぶかの、予測はつかない。予測がつかないだけに、永田教授は、アリバイ作りに腐心する必要はなかった。誤算だったのは、城戸が永田教授に疑惑を持ち始めたことくらいだろう。

関根記者の場合は、彩乃とのつながりと、考えるべきだろう。

彩乃の話を聞いた関根は、ジャーナリストの勘で、ノース博士と永田教授の関係に、疑いの眼を、向けたのではないだろうか。永田教授の豪邸の資金の出所も、調査していたようだし、死ぬ前には、アメリカの、ある分野の人脈も探ろうとしていた。

敏腕記者の急追に、永田教授は焦ったのかもしれない。ロボットを贈った、その日のうちに、爆殺している。

中央新聞のカメラマン・高瀬美奈子を爆殺しようとしたのは、念のための、だめ押しの意味があったのではないかと、十津川は考えていた。

高瀬は長期間、関根記者とともに、NAGATA研究所の取材に携わってきた。関根記者にとっては、姉のような存在だったのではないだろうか。だから関根記者が、何か洩らしたかも知れないと、疑ったのだろう。死人に口なし。口封じの爆殺計画だったと思われる。

と、ここまでは無理のない解釈ができるが、わからないのは、ジャパンAIロボット協会の二人に対する、ロボットの贈呈である。

贈呈する相手を、間違えたわけではないだろう。永田教授の指名だったという。

協会は、ロボット業界の振興と親睦を目的に設立された、財団法人である。各社からの拠出金で支えられ、業界の広報役も担っている。

その組織の会長や副会長が、永田教授の標的になるのは、納得できない。十津川の想像の及ばない動機が、あるのだろうか。

副会長に贈呈されたロボットは、残っているので、起爆装置を解除した状態で、科捜研に保管されている。

ポケベルを組み込んだロボットは、合計で五体だった。今の段階では、これ以外に、見つかっていない。

発見された五体のうち、四体はすでに爆破された。残る一体は科捜研に保管されている。

もう殺人事件は、起こらないのだろうか。

4

その夜の捜査会議は、十津川が予想したように、議論はなかなか先に進まなかった。永田教授が真犯人であることは、捜査員全員が納得していた。状況証拠が、そろいすぎるほどそろっているのである。

「永田教授が名指しで、渡すよう用意させた四体のロボットは、全部、赤い腕輪をして、しかも、爆薬も入っていた。これ以上の動かぬ証拠なんて、ありませんよ」

日下刑事が、まず口火を切った。

「『私はたしかに、抽選ではなく、ロボットを贈呈する人を、指名した。ロボットの箱を、ホテルのクロークまで運ぶのも、手伝った。しかし中身は、みな同じロボットだと思っていた。ロボットの箱は、二十個くらいは運んだ記憶がある。それら全部に、細工がしてあったのか？　だいたい私は、ミニチュア版ロボットの製作には、関与していない』なんて言い抜けられたら、どうするんだ？　実際、世にも不思議な偶然は、世間にはいくらでもあるんだ。日下君の言い分だけじゃ、逮捕状は下りないよ」

亀井刑事が、日下をたしなめた。

「青田まき事件の実行犯も、永田教授ですか？　池戸彩乃は、ノース博士の件があってから、半年間、誰かに見張られてきたと、言っています。それなら青田まきも、見張られていた可能性は大です。その見張っていた者が、事故を装って轢き逃げをした、とは考えられませんか？」

西本刑事が言った。

その疑問は、誰もが持っていたのだろう、全員が十津川に注目してきた。

「可能性がゼロだとは言わない。しかし、何で今さら、手を下すのか？　ということになる。半年間も見張っていて、その間、何ら危害を加えていないんだ」

なぜ池戸彩乃の尾行者が、手を下さなかったのか、十津川はおぼろげながら、察していた。彩乃がどこまで真相に気づいたのかを、探ろうとしていたのである。

「でも青田まき事件で、永田教授のアリバイは、崩せませんよね。アメリカでの行動を追跡するのは、やっぱり無理ですか？」

ふたたび、日下が発言した。

「ほぼ不可能だ。しかし前にも言ったが、アリバイはないに等しいんだ。アリバイに、こだわることはない」

「では、永田教授が、轢き逃げの実行犯だとして、動機は何でしょう？」

北条早苗刑事が、聞いた。

「いくつか思いつくが、どれが当たっているかは、永田教授本人に、聞くしかないね」

「警部が考えておられる可能性を、話してもらえませんか？」

十津川は、照れ笑いして、答えた。

「ただ言えることは、最近になって、永田教授にとって青田まきが、脅威になったのじゃないか、ということだ。池戸彩乃が失踪した。ならば青田まきと、何らかの連絡をとっているかも知れない。二人で何か、企むかも知れない、と勘ぐった。事実、池戸彩乃は、永田教授に話し合いを申し入れている。あるいは、これは橋本君に教えられたことだが、青田まきは天真爛漫（てんしんらんまん）な性格だったらしい。だから、『先生、あのときは、すごかったですね』とか言って、ノース博士とのことを、不用意に持ち出した、ってことも考えられる」

「研究所のスタッフは、英語力だって、かなりのものでしょう。池戸さんは、早口のネイティブの米語だったので、話の中身はわからなかったと言ったそうですが、単語のいくつかは、聞き取れたでしょうから、たしかに永田教授にとっては、気がかりだったかも知れません」

「永田教授の犯行だとしたら、何と言って、青田まきを呼び出したんでしょう？」

今度は、西本刑事が聞いてきた。

「口実は、いくらでもつけられるんじゃないか」

「でも、永田教授は、アメリカ出張中ってことに、なっていました」

「私なら、彼女が退社したころをねらって、携帯に電話する。もしまだ社内だったら、国際電話の振りをすればいい。そして、一時帰国したと言って、食事にでも誘えばいい。彼女が一人でいたなら、彼女の飲み物に、睡眠薬を入れる。あとは車に乗せて移動し、無理に起こして、頃合いを見て、外に出せばいい。歩き始めるのを待って、撥ねる。そのまま自宅へ帰ることなく、偽パスポートで、アメリカに戻る。完璧だね。ただしこの話には、何の裏付けもないがね」

「ロボットの爆破装置を起爆させるのは、ポケベルに発信するだけでいいし、遠隔操作のため、アリバイも考慮しなくていい。いいことずくめのように思えますが、決定

的なマイナス要素もあります。殺傷が確実に行われたか、見極めることができませ
ん」

　三田村刑事だった。

「私もそれを考えていた。遠隔操作のため、実際に見ながらの犯行は難しい。中央新聞の高瀬カメラマンは、そのために命は助かった。じゃあなぜ犯人は、そんなあやふやな方法を用いたのか、と考えた。私は、もっと長期間を費やして、使用するつもりだったんだと思う」

「しかし関根記者は、パーティ会場でロボットを受け取った数時間後に、爆破されています」

「あれははじめから、計算外だった。永田教授にとって、決定的なダメージを受けるネタを、関根記者は追っていた。永田教授の予想を上回る速さで、真相に迫っていたんだ。だからロボットを渡すと、数時間後には、爆破した」

「高瀬美奈子の場合は、どうなのでしょう？　ロボットをもらって、三日後です。三日というのは、警部のおっしゃる『長期間』に含まれますか？」

「違うね。高瀬カメラマンのときも、仕方なく、爆破を急いだんだ。永田教授は、いつも関根記者と一緒に取材している高瀬カメラマンが、関根記者の死に、疑問を抱く

ことを恐れた。ただ、高瀬カメラマンが、休日出勤したとまでは、わからなかった」

「長期間を費やす、というのは、どのくらいの期間を言うのでしょう？」

「永田教授は、日常会話などを通じて、対象者の生活リズムを探り出し、もっとも確率の高い時間帯に、爆破させるつもりだった。ジャパンＡＩロボット協会の二人のことなど、半年後でもよかったんだ。じっくり構えて、時間が経つのを待つ。その間に、情報を集める。そうした戦略を持ってるのが、永田教授なんだ」

「協会の二人に対する動機は、何でしょう？」

亀井刑事が聞いた。

「それが皆目、見当がつかないんだ。いつか本人に、質したいと思っている」

5

「いよいよ、永田教授と対決することになったが、勝算はあるのかね？」

朝一番に、十津川は呼び出され、三上本部長に聞かれた。

「とりあえず、顔合わせをしよう、といったところです」

「君の話では、永田教授は、自分が一連の事件の、容疑者になっているのを、知っている、ということだが」

「というよりも、自分の犯行であることを、隠そうとしていません」

「どういうことだ？」

「計画犯罪の場合、自分が容疑者に特定されないための、準備を行うのが普通です。ところが永田教授は、爆弾ロボットを贈る相手を、公然と指名しています」

十津川は、教授の人となりを知るために、何人かに、永田教授の人物評を聞いて回った。

池戸彩乃は言った。

「優れた頭脳を持ち、ＡＩロボットの研究・開発では、トップクラスの人です。しかし性格は、それほど素晴らしくはありません。ライバルを認めません。ライバルが現れると、排除しようとします。他人を信用しないのです。周りが、永田教授に尽くせば尽くすほど、相手を疑うのです。永田教授が唯一信じられるのは、自分が作ったロボットだけなのだと思います」

そして、こう付け加えた。

「私も、疑われた一人でしょうね。二年前から、私と青田さんは、永田教授直属の部下として、ロボット開発を手がけてきました。当初はいろいろと、教えを受けました。

しかし一年ほど経つと、教授は少しずつ、私たちを遠ざけるようになったのです。機密事項を、横取りすると疑ったのかも知れません。それが、半年前の、ノース博士の件で、決定的なものとなりました」

　中央新聞の田島記者は、次のように語った。

「関根の話を聞いた限りでは、永田教授というのは、自己肯定感が異常に強いんじゃないか。今は、自己肯定感を持とう、なんて本があふれているが、永田教授の場合は、その裏返しで、異常と言っていいくらいに、自己愛も強いようだ。だから自己顕示欲も強い」

　ジャパンＡＩロボット協会会長の話も、十津川の興味を引いた。

「トップクラスの研究者ってのは、孤独なんです。目の前は、いつも未知の世界です。その未知の世界で、自分より一歩、いや、半歩でも前を歩んでいる人間に出会うと、異常なほどの嫉妬(しっと)を感じます。研究者の宿命でしょうか」

　ＮＡＧＡＴＡ研究所の菊池に、そういった、永田教授に対する人物評を紹介すると、

「トップランナーには誰しも、孤高さがまとわりつきます。孤高さは、不遜(ふそん)だとか、傲慢(ごうまん)だとかの、誤解を生み出しやすいのです」

と答えた。

自分が所属する研究所の主宰者を、悪しざまに言うわけにはいかないのだろうが、不遜とか、傲慢といった評価があることは、承知していた。

十津川が、それらの人物評を、三上に説明すると、

「頭の切れる犯人ほど、自分に対して、絶対の自信を持っているものだ。少しくらいの揺さぶりでは、動じない。口にしていいことと、いけないことの区別も、計算している。一筋縄ではいかないと、覚悟しておいたほうがいいぞ」

そう言って、三上は話を締めくくった。

6

十津川は、永田教授に、任意での出頭を求めた。

教授は、出頭することは承諾したが、仕事の日程調整を理由に、出頭期日は、自分のほうで決めさせてほしいと、返答してきた。十津川は了承した。

その日、永田教授は、午前十時ちょうどに、警視庁に出頭してきた。

聴取には十津川が当たり、横に亀井刑事が控えた。

供述は録音する旨を、永田教授に伝え、十津川は永田教授の前に、ボイスレコーダーを置いた。

「お忙しいようですね？」

「貧乏ひまなしと言いますが、実感させられています。最近はロボットの需要も増えて、かつてほど経営は苦しくありませんが、それでもこの業界の競争は激しい。儲けの大半を研究費に注ぎ込まなければ、生き残れません。市場が広がれば広がったで、苦労のタネが尽きることはありませんよ」

永田教授は饒舌だった。十津川の皮肉も、通じなかったらしい。それとも、無視を決め込んでいるのか。

「しかし、東久留米のご自宅は、広い敷地ですし、好立地ではないですか」

「いやいや、猫の額より少し大きい程度で、パンダの額ってとこですかね」

「建物を含めて、いくらくらい、かかりました？」

「ほお、十津川さんは、他人の財布の中をのぞくのが、ご趣味でしたか」

永田教授の顔は、笑っていたが、十津川は、ジャブの応酬が始まったと、感じていた。

「刑事なんて、貧乏人根性のかたまりです。立派なお宅を拝見すると、つい、価格が気になってしまいます」

「一生、住宅ローンに縛られるのですから、銀行さんが大家みたいなものです」

即金での購入を、警察が知っていると承知したうえで、永田教授は、ぬけぬけと言った。

「本題に入らせていただきます」

十津川は断って、まず、青田まきの事件について聞いた。

「研究所の者からお聞きでしょうが、アメリカ出張から帰って、彼女の事故を知らされました。残念でなりません。まだ二十代でしたが、優秀な研究者でした。研究所の将来を担う一人として、期待をかけていたのですが。それにしても、轢き逃げとはむごい。犯人はまだ見つからないのですか？」

「残念ながら、逮捕には至っていません。しかし、近いうちに、逮捕できるような気がしています」

十津川が、永田教授を見つめたが、教授は平然と見返してきた。

続けて、池戸彩乃についても、永田教授の考えを聞いた。

「若い時期には、いろいろとあるものです。彼女から、話し合いたいと、連絡をもらったのですが、あいにく、あの授賞式でした。結局、まだ話し合いは、できていません。彼女の将来のこともあり、私個人としては、穏便に処理したいと思っていますが、所員の手前もあり、何もない、というわけにもいきません。訓戒と一カ月の減給、といったところですかね」

永田教授の舌は、なめらかだった。他人が聞けば、有り難い経営者に、思えるかも知れない。

「世界ＡＩ研究所のノース博士は、ご存じですね？」

十津川は、話題を変えた。

「もちろん、知っています。うちのパートナーですから」

「最近、提携を解消されたと、聞いていますが」

「あれですか。私が背任行為を働いた、といった噂を耳にされたかも知れませんが、あれは誤解です。私が香川所長に電話で抗議すると、謝っていましたよ。現に、私は告発もされていないし、特許の使用権も、互いに継続しています。ノース博士には、香川所長から話をしてくださるとのことですので、誤解は解けるはずです」

「ではまた、提携されるのですか？」

「あちらのメンツもあるでしょうから、朝令暮改とはいかないでしょう。いずれ折りを見て、ということになると思います」

「半年ほど以前に、教授とノース博士の間で、激しい口論があったそうですが」

十津川が、一つの核心に触れると、永田教授の表情に、小さな動きがあったように
も見えた。

「はっきりした、記憶はありませんが……」

記憶をたどるように、永田教授は宙を見上げた。

「研究者同士では、よくあることです。研究者という種族は、誰もが、自分は正しい
と思っている。それがぶつかり合うんです。この一線だけは譲れないと、我を張り合
うんです。たぶんそのときも、そういうことだったんじゃありませんか」

永田教授は、十津川の矢継ぎ早な質問に、よどみなく答えた。

一時間が経過したとき、かたわらから亀井が、十津川に、休憩を取ろうと、合図を
送ってきた。

「しばらく、休憩しましょう」

十津川が言うと、亀井は自分のボイスレコーダーの、スイッチを切った。

「お茶を入れ替えてきましょう」

亀井が席を立って、部屋を出て行った。

十津川も、卓上に置いた、ボイスレコーダーのスイッチを切る。

永田教授が、トイレに行きたいと言うので、十津川は付き添った。

7

トイレから戻って十五分ほど、永田教授は、現在、自分が手がけているロボットこそが、新しい時代を拓くものだと、自慢話を始めた。

ロボット産業は、これからの日本経済の牽引車になるのだ、と言う。少子高齢化社会に突入した日本では、急減する労働人口を、ロボットで補わねばならない。経済産業省も「ロボット新戦略」というレポートをまとめ、ロボット業界の振興を促している。その先頭に立つのが、NAGATA研究所なのだと、滔々（とうとう）とまくし立てた。

十津川は、なかば呆れ、なかば感心していた。

これだけの頭脳と情熱を、なぜ、まっとうな方向だけに傾注しないのだろうか、もったいない、と思っていた。

亀井が新しいお茶を持ってきたとき、電話がかかってきた。亀井が出る。

やがて二言三言、十津川に耳打ちすると、亀井はふたたび、部屋を出て行った。

「すみません。亀井は急ぎの用事ができて、退室しました」

十津川が告げて、聴取を再開しようとしたとき、取調室のドアがノックされた。

「失礼」と声をかけ、十津川は室外に出た。

十津川が、段ボール箱を抱えて、戻ってきた。

永田教授は段ボール箱を眼にして、おや、という表情をした。

「授賞式のパーティで、ミニチュア版ロボットの箱を、会場に運んだと言いましたよね。あれですよ」

十津川は、永田教授の前に置いた。

「ロボットを、どうしたのですか？」

永田教授が聞いた。

「おたくの研究所の池戸さんが、先ほど警視庁に、届けてきたそうです」

「池戸君が……？」

「先日、中央新聞の高瀬カメラマンの自宅で、火事がありましてね。幸い彼女は外出中で、ケガはなかったのですが、自室は丸焼けになってしまいました。火元と見られる辺りに、彼女は例のロボットを、置いていたと言うのです。そのため消防署では、ロボットから出火した可能性があると、発表したんだそうです」

「まさか。ロボットが出火元だなんて、信じられません」

「池戸さんも、納得がいかないらしいんです。彼女と青田さんが、ミニチュア版のロボット製作を、担当したそうですね？」

「二人に任せていました」

「永田教授は、ミニチュア版ロボットには、まったく関与されていないのですか？」

「ミニチュア版は、オモチャです。そんなものに関わる時間なんて、ありませんよ」

「池戸さんは、設計ミスがあったとは思えない、設計図も保管しているので、それも含めて調べてほしいと、言っています」

「調べるのですか？」

「科捜研で、検査させます」

十津川は、段ボール箱から、ロボットを取り出した。たかだか三十センチのロボットである。人型なので、赤ん坊にも満たない体格だった。

永田教授の視線が、赤い腕輪に引きつけられていた。

「会話もできるというじゃありませんか」

「言葉の種類は、それほど多くはありません」

十津川は、机の上で、ロボットを弾ませてみた。ロボットの膝(ひざ)は、人間ほどの弾力性はないようだった。

ロボットが机を叩くたびに、永田教授が息を呑んでいる。それは科捜研に任せて、話を続けましょう。

「十津川さん、ロボットはもういいでしょう。私も早く終わらせたいですから」

永田教授が、十津川を急かす。

「すみません。亀井君が戻りませんが、始めましょうか」

段ボールに仕舞うために、十津川がロボットに手を伸ばしたとき、軽快な音楽が流れ始めた。着メロだった。

「あれっ⁉　ロボットの中かな？」

十津川は、ロボットを持ち上げて、耳に当てる。

永田教授が、イスから立ち上がった。顔は真っ青だった。

「どうされました？」

十津川は、のんびり言う。

永田教授はドアに駆け寄り、ドアノブを回した。しかしドアノブは、空回りするだけで、ドアは開かない。

「君！　なぜ開かないんだ！」

語気の激しさに、十津川は、呆気にとられた表情になる。

「何なのですか？　急に」

永田教授を見やる。

「そのドアは、被疑者が勝手に出られないように、内側からも、鍵で開けるようになっているんです」

「じゃあ鍵だ！　鍵！　すぐに鍵を出してくれ！」

「ちょっと待ってください。いったい、どうされたのですか？　まだ聴取は終わっていません。落ち着いてください」

十津川が話している間にも、着メロは流れ続けていた。

「とにかく出よう！　部屋を出るんだ！　ロボットを捨てろ！」

永田教授の青ざめたこめかみに、大粒の汗が浮いている。

着メロが流れ始めて、一分近くが経過していた。

「時間がないんだ！」

「時間？　何の時間です？」

「爆発するんだ！」

「何が爆発するんですか。おかしなことを」

「着メロが鳴って、二分で、ロボットが爆発するんだ！」

永田教授の悲痛な叫びが、室内に響いた。

「着メロが鳴って、二分が経つと、ロボットは爆発するんですね⁉」

十津川も、声を張り上げた。

「そうだ！」

永田教授が応えたとき、十津川が冷たく言い放った。

「ご安心ください、爆発はしません。爆薬は抜いてありますよ」

永田教授の動きが止まった。全身の力が抜けたような、呆けた表情だった。

しばらくして、歯を噛み締める「クックッ」という笑い声が、永田教授の口から洩れてきた。

「そうか、そうだったのか。私を嵌めたんだ」

永田教授は、イスに戻った。

「このロボットの製作には、まったくタッチされなかったはずですよね？　なのに、ロボットが爆発することを知っておられた。わけをお聞かせください」

永田教授は、平静な声に戻って、言った。

「いや。私はそんなことは、言っていない。君の聞き間違いじゃないか？　それとも妄想かな？」

口元には、笑みさえ浮かべていた。

「いいえ、はっきり聞きました。ロボットが爆発すると、貴方(あなた)は叫んでいた」

「バカな。ロボットの研究者を、甘く見てくれちゃ困るね。どこに証拠があるんだね？　君のボイスレコーダーは、机の上だ。まだ作動させていない。スイッチを入れてなかったんだよ。君のミスだね。証拠もないのに、まるで冤罪(えんざい)じゃないか」

「録音はしていますから、ご安心ください」

永田教授に、傲岸さが戻っていた。

「ハッタリはいい。帰らせてもらうよ」

そのときドアが開かれ、亀井が入ってきた。

十津川は、亀井から一枚の書類を受け取ると、

「永田教授、逮捕状です。あの言葉が聞けたときにだけ執行していい、という条件付きで、発行してもらっていました。録音はロボットの中の、ボイスレコーダーがしています」

8

「策士、策に溺れる、ですか？」

十津川と亀井は、夕食をとったあと、庁舎に戻るため、歩道を歩いていた。

「遠隔操作の盲点だね。永田教授は、二体のロボットは、自らが爆破した。だけど、あとの三体のロボットがどうなっているかは、知らなかった。われわれが爆破実験を行ったのも、爆薬を抜いたのも、気づかなかった。遠隔だからね」

「青田まき殺害も、意外にあっさり、吐きましたね」

「自尊心の強すぎる人間は、いったん崩れると、弱いんだよ」

「それにしても、ジャパンＡＩロボット協会の二人を狙ったのは、ライバル研究者としての嫉妬心からだったとは、驚きです」

「マッドサイエンティストって言葉があるけど、言葉があるってことは、実体があることでもあるんだよ」

「まだ、わからないことがあるんですが。関根記者は、なぜ殺されたんでしょう？

永田教授は、犯行は認めていますが、動機については、あいまいな供述しかしていません。それに、豪邸の資金の出所も、未解明です」

「カメさん、それ以上、ほじくらないほうがいいよ。われわれの手の届く世界じゃない」

「何ですか、それ?」

「いいじゃないの。犯人は逮捕され、事件は解決した。めでたしめでたし、だよ」

『北のロマン　青い森鉄道線』二〇一九年八月　徳間文庫

中公文庫

北のロマン　青い森鉄道線

2024年12月25日　初版発行

著　者　西村京太郎

発行者　安部 順一

発行所　中央公論新社
〒100-8152　東京都千代田区大手町1-7-1
電話　販売 03-5299-1730　編集 03-5299-1890
URL https://www.chuko.co.jp/

DTP　ハンズ・ミケ
印　刷　大日本印刷
製　本　大日本印刷

Published by CHUOKORON-SHINSHA, INC.
Printed in Japan　ISBN978-4-12-207594-8 C1193

中公文庫既刊より

各書目の下段の数字はISBNコードです。978-4-12が省略してあります。

に-7-67
西から来た死体 錦川鉄道殺人事件　西村京太郎
広島発のぞみの車内で女性が毒殺された。彼女は二五年前に引退した女優で、岩国と日原を結ぶ「岩日北線」の全線開通を夢見て資金集めに奔走していたが……。
206992-3

に-7-68
五能線の女　西村京太郎
私立探偵・橋本は仕事の成功を祝い鉄道旅行を楽しんでいたが、千畳敷殺人事件の容疑者として拘束される！　複雑に仕組まれた罠に十津川警部が挑む。
207031-8

に-7-69
南九州殺人迷路 新装版　西村京太郎
桜島行のフェリー内で、西郷隆盛を尊敬する代議士の若手秘書が刺殺された。容疑は西本刑事の見合い相手に。恐るべき陰謀の正体に十津川警部が挑む！
207069-1

に-7-70
越後湯沢殺人事件 新装版　西村京太郎
名作「雪国」の街に林立するリゾート・マンションの一室で美貌の芸妓が殺害された。容疑者のアリバイと強大な権力の壁に、十津川警部が挑む！
207098-1

に-7-71
えちごトキめき鉄道殺人事件　西村京太郎
〈えちごトキめき鉄道・日本海ひすいライン〉の泊駅で起きた毒殺事件。被害者は、五年前の副総理暗殺事件の担当刑事で、退職してまで犯人を追っていた。
207142-1

に-7-72
松山・道後 十七文字の殺人　西村京太郎
「二人が死ぬ」「怨念」「血の匂い」。四国松山市の俳句ポストに投稿された不気味な句。投稿者の殺意を感じた十津川だが未曽有の殺人劇が開幕してしまう。
207183-4

に-7-73
京都感情案内（上） 新装版　西村京太郎
人間修業をしてこいと父親から1億円を渡され京都へ来た青年は、芸妓や弁護士、骨董の目利きらと知り合うが、都をどりのさなか彼の目前で殺人事件が！
207209-1

に-7-74
京都感情案内（下）新装版
西村京太郎
都をどりに端を発した連続殺人事件。京都府警の捜査は難航する一方、密命を帯び身分を偽り連日お茶屋に通う十津川警部もまた、京文化の闇に翻弄される。
207210-7

に-7-75
高知・龍馬 殺人街道
西村京太郎
「現代の坂本龍馬」を名乗る者による連続殺人‼ 次の狙いは原子力発電所の爆破か、現職総理大臣の命か？ 十津川は龍馬の足跡を辿りながら犯人を追う。
207405-7

に-7-76
十津川警部 雪と戦う 新装版
西村京太郎
クリスマス当日に大清水、関越両トンネルを爆破する――JRと道路公団に脅迫状が！ 犯人の真の狙いは？ 雪を血で染める大惨事に挑む十津川警部。
207472-9

や-15-18
在原業平殺人事件 新装版
山村美紗
西村京太郎
平安文学の研究者が、次々と毒殺される……。山村美紗の遺作を西村京太郎が書き継いだ、ミステリー界二大巨頭による伝説の合作。〈解説〉山前 譲
207238-1

あ-10-9
終電へ三〇歩
赤川次郎
リストラされた係長、夫の暴力に悩む主婦、駆け落ちした高校生カップル……。駅前ですれ違った他人同士の思惑が絡んで転がって、事件が起きる！
205913-9

あ-10-13
夜に迷って
赤川次郎
将来有望な夫と可愛い娘のいる沢柳智春。義父の隠し子や弟のトラブル解決に尽力するが、たった一度の過ちが噂になり追いつめられていく。〈解説〉山前 譲
206915-2

あ-10-14
夜の終りに
赤川次郎
三年前の殺人事件で記憶を失った母。別居中の父。殺人犯の夫が殺された矢先、娘の有貴が通り魔に襲われた。一家を陥れようとするのは……？〈解説〉山前 譲
206931-2

あ-10-15
招かれた女
赤川次郎
解決済みの女学生殺人事件の犯人が野放しになっていた。真犯人の似顔絵を探し始めた人々が命を狙われて――。傑作サスペンス・ミステリー。〈解説〉山前 譲
207039-4

各書目の下段の数字はＩＳＢＮコードです。978－4－12が省略してあります。

あ-10-16
裁かれた女　赤川次郎
亡き父の秘密を探り無垢な子どもを狙うのは、闇に葬った罪を知る人？『招かれた女』から15年、さらに謎が深まるサスペンス・ミステリー続編。〈解説〉山前　譲
207107-0

あ-10-17
めざめ　赤川次郎
両親を惨殺された11歳の美沙は心を閉ざしてしまう。娘を救うため、〝母〟の願いが奇跡を起こす。親子の絆と再生を描く感動の長編小説。〈解説〉山前　譲
207332-6

あ-10-18
遅刻して来た幽霊　赤川次郎
上司の葬儀に自殺した新入社員の幽霊が――⁉　連続死の謎を女子社員が追う。予測不能な展開、心揺さぶる秘密。恐怖の後に温もりが残る傑作六篇。〈解説〉山前　譲
207491-0

も-12-77
愛する我が祖国よ　森村誠一
妻を喪った新人作家の永井は朝鮮戦争の激戦地へ赴き、かけがえのない仲間と出会い妻の死に疑念を抱く。『サランヘヨ　北の祖国よ』改題。〈解説〉池上冬樹
206824-7

こ-40-24
新装版　触発　警視庁捜査一課・碓氷弘一1　今野敏
朝八時、霞ヶ関駅で爆弾テロが発生、死傷者三百名を超える大惨事に！　内閣危機管理対策室は、捜査本部に一人の男を送り込んだ。「碓氷弘一」シリーズ第一弾、新装改版。
206254-2

こ-40-25
新装版　アキハバラ　警視庁捜査一課・碓氷弘一2　今野敏
秋葉原を舞台にオタク、警視庁、マフィア、中近東のスパイまでが入り乱れるアクション&パニック小説。「碓氷弘一」シリーズ第二弾、待望の新装改版！
206255-9

こ-40-26
新装版　パラレル　警視庁捜査一課・碓氷弘一3　今野敏
首都圏内で非行少年が次々に殺された。いずれの犯行も瞬時に行われ、被害者は三人組で、外傷は全くないという共通項が。「碓氷弘一」シリーズ第三弾、待望の新装改版。
206256-6

こ-40-20
エチュード　警視庁捜査一課・碓氷弘一4　今野敏
連続通り魔殺人事件で誤認逮捕が繰り返され、捜査は大混乱。ベテラン警部補・碓氷と美人心理調査官・藤森のコンビが真相に挑む。「碓氷弘一」シリーズ第四弾。
205884-2

こ-40-21
ペトロ　警視庁捜査一課・碓氷弘一5　今野　敏
考古学教授の妻と弟子が殺され、現場には謎めいた古代文字が残されていた。碓氷警部補は外国人研究者を相棒に真相を追う。「碓氷弘一」シリーズ第五弾。
206061-6

と-26-9
SRO I　警視庁広域捜査専任特別調査室　富樫倫太郎
七名の小所帯に、警視長以下キャリアが五名。管轄を越えた花形部署のはずが——。警察組織の盲点を衝く、連続殺人犯を追え！　新時代警察小説の登場。
205393-9

と-26-10
SRO II　死の天使　富樫倫太郎
死を願ったのち亡くなる患者たち、解雇された看護師、病院内でささやかれる『死の天使』の噂。SRO対連続殺人犯の行方は。待望のシリーズ第二弾！　書き下ろし長篇。
205427-1

と-26-11
SRO III　キラークィーン　富樫倫太郎
SRO対〝最凶の連続殺人犯〟、因縁の対決再び!!　東京地検へ向かう道中、近藤房子を乗せた護送車は裏道へ誘導され——。大好評シリーズ第三弾、書き下ろし長篇。
205453-0

と-26-12
SRO IV　黒い羊　富樫倫太郎
SROに初めての協力要請が届く。自らの家族四人を殺害して医療少年院に収容され、六年後に退院した少年が行方不明になったというのだが——。書き下ろし長篇。
205573-5

と-26-19
SRO V　ボディーファーム　富樫倫太郎
最凶の連続殺人犯が再び覚醒。残虐な殺人を繰り返し、日本中を恐怖に陥れる。焦った警視庁上層部は、SROの副室長を囮に逮捕を目指すのだが——。書き下ろし長篇。
205767-8

と-26-35
SRO VI　四重人格　富樫倫太郎
不可解な連続殺人事件が発生。傷を負ったメンバーが再結集し、常識を覆す新たなシリアルキラーに立ち向かう。人気警察小説、待望のシリーズ第六弾！
206165-1

と-26-37
SRO VII　ブラックナイト　富樫倫太郎
東京拘置所特別病棟に入院中の近藤房子がいよいよ動き出した。見込んだ担当看護師を殺人鬼へと調教し、ある指令を出したのだ。そのターゲットとは——。
206425-6

各書目の下段の数字はISBNコードです。978－4－12が省略してあります。

と-26-39　SRO Ⅷ　名前のない馬たち　富樫倫太郎

相次ぐ乗馬クラブオーナーの死。事件性なしとされるも、どの現場でも人間と同時に必ず馬が一頭逝っている事実に、SRO室長・山根新九郎は不審を抱く。

206755-4

と-26-45　SRO Ⅸ　ストレートシューター　富樫倫太郎

ついに1stシーズン完結⁉　悪魔的な連続殺人鬼・近藤房子、最後の闘い。怒濤の結末を見逃すな、大人気シリーズ第9弾！　文庫書き下ろし。

207192-6

と-26-36　SRO episode0　房子という女　富樫倫太郎

残虐な殺人を繰り返し、SROを翻弄し続けるシリアルキラー・近藤房子。その生い立ちとこれまでが、ついに明かされる。その過去は、あまりにも衝撃的！

206221-4

い-74-8　少女Aの殺人　今邑　彩

深夜の人気ラジオで読まれた手紙は、ある少女が養父からの性的虐待を訴えたものだった。その直後、三人の該当者のうちひとりの養父が刺殺され……。

205338-0

い-74-9　七人の中にいる　今邑　彩

ペンションオーナーの晶子のもとに、二一年前に起きた医者一家虐殺事件の復讐予告が届く。常連客のなかに殺人者が⁉　家族を守ることはできるのか。

205364-9

い-74-10　i（アイ）鏡に消えた殺人者　警視庁捜査一課・貴島柊志　今邑　彩

新人作家の殺害現場には、鏡に向かって消える足跡の血痕が。遺された原稿には、「鏡」にまつわる作家自身の恐怖が自伝的小説として書かれていた。傑作本格ミステリー。

205408-0

い-74-11　「裏窓」殺人事件　警視庁捜査一課・貴島柊志　今邑　彩

自殺と見えた墜落死には、「裏窓」からの目撃者が。少女に迫る魔の手……。衝撃の密室トリックに貴島刑事が挑む！　本格推理＋怪奇の傑作シリーズ第二作。

205437-0

い-74-12　「死霊」殺人事件　警視庁捜査一課・貴島柊志　今邑　彩

妻の殺害を巧妙にたくらむ男。その計画通りの方法で死体が発見されるが、現場には妻のほか、二人の男の死体があった。不可解な殺人に貴島刑事が挑む。

205463-9

各書目の下段の数字はISBNコードです。978－4－12が省略してあります。

さ-77-3
不連続殺人事件 附・安吾探偵とそのライヴァルたち
坂口 安吾
日本の本格ミステリ史上屈指の名作と、その誕生背景にあった戦時下の「犯人当て」ゲーム。小説とモデル人物たちの回想録を初めて一冊に。〈解説〉野崎六助
207531-3

そ-3-14
ビショップ氏殺人事件 曽野綾子ミステリ傑作選
曽野 綾子
日下 三蔵 編
ミステリ分野でも手腕を発揮した作家・曽野綾子の真価。江戸川乱歩に称賛された表題作をはじめ、サスペンスと心理描写に優れた異色作六篇をセレクトする。
207155-1

ち-8-8
事件の予兆 文芸ミステリ短篇集
中央公論新社 編
大岡昇平、小沼丹から野坂昭如、田中小実昌まで。非ミステリ作家による知られざる上質なミステリ十編を一冊にした異色のアンソロジー。〈解説〉堀江敏幸
206923-7

ち-8-11
開化の殺人 大正文豪ミステリ事始
中央公論新社 編
佐藤、芥川、里見に久米。乱歩が耽読した幻のミステリ特集が、一〇四年の時を超えて甦る！「犯罪と怪奇への情熱」に彩られた全九篇。〈解説〉北村 薫
207191-9

あ-94-1
狂った機関車 鮎川哲也の選んだベスト鉄道ミステリ
鮎川 哲也 選
日下 三蔵 編
戦前の本格推理から、知られざる作家の佳品まで、鉄道を舞台にしたミステリのアンソロジー。短・中篇の読みやすさ、懐かしさと新鮮さが共存した全七作。
207027-1

せ-9-1
寝台急行「昭和」行
関川 夏央
寝台列車やローカル線、路面電車に揺られ、懐かしい場所、過ぎ去ったあの頃へ。昭和の残照に思いを馳せ、含羞を帯びつつ鉄道趣味を語る、大人の時間旅行。
206207-8

せ-9-2
汽車旅放浪記
関川 夏央
『坊っちゃん』『雪国』『点と線』……。近代文学の舞台となった路線に乗り、名シーンを追体験する。鉄道と文学の魅惑の関係をさぐる、時間旅行エッセイ。
206305-1

せ-9-3
鉄道文学傑作選
関川夏央 編
漱石、啄木、芥川……。明治から戦後まで、十七人の作家、小説・随筆・詩歌・日記と多彩な作品から、文学に表れた「鉄道風景」を読み解く。文庫オリジナル。
207467-5